▲ 柯 蓝 / 郭 风 / 谢 冕
◀ 耿林莽 / 邹岳汉 / 海 梦

群峰竞秀

◀ 王幅明 / 韩嘉川 / 陈志泽
◀ 周庆荣 / 龚学敏 / 黄亚洲
▶ 桂兴华 / 王慧骐 / 蔡 旭

▼ 叶延滨 / 徐成淼 / 李 耕
▼ 许 淇 / 刘 虔 / 卜寸丹
◀ 刘 川 宓 月 / 栾承舟

◀ 冯明德 / 刘慧娟 / 庄伟杰
◀ 赵振元 / 箫 风 / 语 伞
◀ 王亚楠 / 霜扣儿 / 爱斐儿
▶ 傅 亮 / 封期任 / 潘志远

岁月留影

  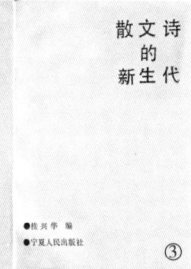

① 2007年，为纪念中国散文诗90周年，各地作家齐聚北京现代文学馆。
② 1979年，桂兴华从安徽回到上海。长街短歌，从塘桥的小屋里起步。
③ 1987年，《散文诗的新生代》封面及扉页。
④ 1984年10月，桂兴华散文诗研讨会在上海虹口工人俱乐部举行，峻青、肖岗等老作家出席。

① 2015年，文化部部长雒树刚视察上海浦东新区桂兴华诗歌艺术中心。

② 2010年，上海市委常委、浦东新区区委书记徐麟到塘桥参观"红色诗人精品展"。
③ 2011年，桂兴华散文诗集《金号角》在上海兴业路76号中共一大会址举行首发式。
④ 2021年，上海市作家协会党组书记王伟等在浦东图书馆欣赏《旗更红》朗诵会。

散文诗的新时代

2000 — 2021
中国散文诗精选

桂兴华 主编

上海社会科学院出版社
SHANGHAI ACADEMY OF SOCIAL SCIENCES PRESS

序

打开散文诗的万里春光

桂兴华

此刻,盛大的春光检阅着散文诗的繁华,并且为每朵花悄悄打分。

散文诗弱小吗?弱小。弱在文体上,小在结构内。但是,小中可以见大,精致可以显美。

看就看作者面对新时代的五彩长卷:是否燃起新的熊熊激情?

本书收录的88位诗人的代表作,即在合奏新时代的主旋律。

"新时代"不仅是个时间概念,更是指作品映出了新时代万千气象。《数字中国史》《穿草鞋的马克思》《长征的轮廓》《李大钊:迎向抓捕的脚步声》

《谁打响南昌第一枪》《和一位藏族老人说起夹金山》《红军将领张子清和他的时代》《窑洞的惦记》《黄河边,有一尊毛泽东塑像》《城之底片》《建筑工》《军训关键词》《太阳铁》《石油的味道》《燃烧吧!新的太阳》《新能源是奔跑着的未来》《大地五部曲》等篇章拓出了一片新面貌。

我在1987年主编过《散文诗的新生代》。时隔30多年,当年那些才俊,还有不少在前沿阵地坚持,不断涌现有爆发力、有张力的佳作。气质是第一位的,然后才能做大、做强!要尽显中国精神,用独特的思路,有血有肉的叙述和非凡的文采。阳光般汹涌的胸怀,体现了群峰林立、江河争先的格局。丰富的精神底色,从不排斥其他颜色。

千万不要将奔放与空洞的大词连在一起。概念术语生硬插入文本,读者不会舒服,只暴露了作者焦躁的短期行为。到头来,文学形象不充盈,必定败下阵来。干巴巴的喊,只会失去读者。也不要以为奔放与细腻无缘。笑吟"大江东去"的苏轼,情思也会"卷起千堆雪"。为什么文化精品不容易打造?就因为一遇到"时间紧",常常会降低艺术上的精准要求。如果在核心内容、关键部位虚肿,怎么经得起岁月的敲打?主题宏大,可以先行。但是,准备必须慎而又慎。对于粗糙者,把关不得不严格。我常常工作到凌晨两点,不断颤抖的右手往往已按不动鼠标。赵振元先生为祝贺中国队在北京冬奥荣获首金后发来的观感,激情四溢,成了本书的关门之作。

艺术性特强的作品，也被选入本书。一缸金鱼，看看舒服。我喜欢观赏翩翩而动的金鱼。尤其在疲惫的时候。披着闪光鳞片的它们那么靓丽，悠然自得。我羡慕它们。水是清的，食是有的，照耀也是有的，而风浪，却没有。有人说：散文诗像金鱼那样就可以了。我不同意，也不愿意。常作为思想碎片的散文诗，能不能更加深邃、更加奔放？百姓面临的现实，远比金鱼缸内繁杂：有寒暑，有隐蔽，有冲撞，有纷争，明明暗暗中藏着多少生机、危机。就连金鱼缸，缸底不也藏着龌龊，需要及时清理？

漂亮的金鱼缸，我要。但我还要打开四面窗户，热望遍地的草根。怎么站在低处透视，将百态呈现？尤其那些"包公的黑脸、火焰的心情"和粗糙的手。幸好有突击队，包括一群群奔波在街头的快递员以及"送快餐的人"。他们总是在出发，在出发中又渴望新的出发。就他们那种速度、那种架势，看了就会让人一惊。明显就站到了萎靡的反面。

大手笔在哪里？新面孔决不纠缠于眼皮底下的小事。尖锐者最令人惊喜。多来几阵凌厉的小号、爽快的钢琴！争辩说自己写的是散文诗，无用。你是将散文拆开来，或者是将诗并拢来，读者一看即辨出。作品会说话。

这几天，书桌上，放着一本我敬仰的耿林莽先生的新书《落日也辉煌》。即使抹去作者的姓名，异常清秀的佳作也依然非他莫属。他在《前言》中的那句"把其中最具代表性的作品挑选出来"，对我很有启发。散文诗的不深刻由来已久，如果上升到美学、哲学的高度,差距就更大。为什么屠格涅夫散文诗的语言,被列宁夸为"伟大而且有力的"?辨识度最公正:谁拥有更多的有个性的作品,谁就站住了脚。这是硬道理。唯有个性者,才有其位。明显的"自我"特征,是一种"看家本领"。目的是为了将主题和内容表达得更有个性。操作散文诗,必须是刀刀有痕的好工匠。毛手毛脚,无缘。

著名诗歌评论家谢冕先生一直认为散文诗"可以走出小微的局限,而使之拥有与时代、历史结合的、更为紧密也更为广阔的天地"。2021年他为《大地五部曲》作序时,更加明确指出"罗长江追求的是一部建立在散文诗这一基点上的史诗的建构。因为他深知散文诗这一文体的特性和局限,于是他要以巨大的魄力和决心,建造一种深沉宏阔的,涵融今古、思接千载、既是中国的也是历史和世界的、凝聚而包容的交响诗——这就是他的关于大地的伟大颂歌"。我想起1988年他为《长长的街》作序时就鼓励我:桂兴华以"死死地盯住严峻的现实生活的不懈努力,以期有助于对散文诗单一构成的改变。他专注的努力,让我们从散文诗中看到了沸腾而繁复的都市景观"。

众所周知:创作是马拉松赛,不是短跑。你还得跑许多圈。主力需要的速度、底气和冲劲,肯定不属于绕开"核心地段"的悠闲者。有更多、更沉承载的,往往是持双枪者。持双枪,就多了一种武器。两杆枪各有所长。创作与评论、诗与散文、叙事与抒情,互相渗透,优势明显。写散文诗的,同时是小说家、理论家、编剧家的,比比皆是。以散文诗作为涉足文坛第一步的,更是众多大师相同的简历。"犹有花枝俏"的风情万种,岂能用一色绘之?其姿、其韵,得慢慢体会。慢下来,才会产生鉴赏力。阳光初泻的她冲出小圈子,将有千万种打扮。

本书内容有个显著特点,就是附有评鉴文章,我自己撰写的篇幅超过1/3。我为什么这么重视赏读呢?因为本书面向广大文学爱好者。文学青年中,喜爱散文诗的更是成千上万。讲一讲成熟作家的写作经历与作品特色,对普及散文诗知识很有好处。因为这些佳作,本身就可以当教材。同时,附带的散文诗重要论述与有影响力的相关社会活动,将为文学史的编撰提供新的线索。

感谢上海社会科学院出版社,让这本《散文诗的新时代:2000—2021中国散文诗精选》,顺利成为《新中国红色诗歌大典(1949—2019)》的姊妹篇。感谢在本书前期的稿件征集、选拔、审读中做了许多工作的挚友、著名散文诗人蔡旭先生。感谢在书中撰写"评鉴"的王幅明等师长和傅亮、何成钢、费金林、王怡等好友。尤其是上海市政协的金林,半个多月来天天在我的书房里协助。我们就像当年在安徽定远县插队的两个知青,在乱纸堆中寻找郭小川的《向困难进军》。

此刻,请让我向书中那么多优秀的作品及其作者,再一次深深地致敬!伟大的新时代啊,请接收我们这份情真意切的礼物。

初稿于2022年1月12日寒夜;改稿于3月19日春夜;定稿于7月30日,上海初秋。

目录

序：打开散文诗的万里春光 …………… 001
桂兴华

第一篇章　豪迈征途

桂兴华	寒夜,枪的发言(三章) ………… 003
	李大钊：迎向抓捕的脚步声
	………………………… 003
	营救彭湃 …………………… 006
	谁打响了南昌第一枪？ ……… 007
黄亚洲	长征(六章) ………………… 011
	穿草鞋的马克思 …………… 011
	美髯,周恩来 ………………… 013
	星光,邓小平 ………………… 014
	泸定桥 ……………………… 015

	草地 ……………………………………………	017
	长征的轮廓 ………………………………………	019
龚学敏	征途（二章）……………………………………	021
	跷碛，和一位藏族老人说起夹金山 …………	021
	在安顺场，我看见了在大渡河飘摇的船 ……	023
刘 虔	红的记忆（二章）………………………………	025
	一粒盐的轰鸣——为红军将领张子清和他的	
	时代而作 ………………………………………	025
	南方。红丘陵土地上的奇葩 …………………	027
柯 蓝	短笛（二章）……………………………………	030
	真诚 ……………………………………………	030
	萤火虫 …………………………………………	030
牛合群	井岗桃花 ………………………………………	033
朱华棣	叶坪读书石 ……………………………………	035
蔡宗周	瑞金 ……………………………………………	038
王富祥	纪念馆里的小铜号 ……………………………	040

罗长江	陌上梅花(选自《大地五部曲》)	042
	梅花引	042
	之一:梅之欣	043
	之二:梅之凛	043
	之三:梅之寂	044
	之四:梅之殇	045
	之五:梅之魂	045
	之六:梅之香	046
李俊功	1939,闫台村	051
栾承舟	春天那头,芳林嫂家	053
雷黑子	会讲故事的石碾	055
成　路	延安新歌谣(节选)——献给陕甘革命根据地的创造者以及他们的后代	057
叶延滨	老百姓是天	064
刘　川	写在手机上的杂感(四章)	066
	空屋里的钟	066

	作家生出他的出生地	066
	教训的长度	066
	地图迷宫	067
刘慧娟	只记得奔腾（二章）	068
	红军足迹	068
	撷取春风的马	070
杨启刚	赤水河	074
唐成茂	从"苕国"走来的开国英雄	077
王幅明	黄河边，有一尊毛泽东塑像（外一章）	079
	暗处	081
徐　泽	春天的消息	083
潘志远	红船再出发	085
堆　雪	军营关键词（四章）	087
	起床号	087
	腰带	088
	陆战靴	089

	俯卧撑 ……………………………………	091
苏 扬	中国魂 ……………………………………	094
桂兴华	赶考路上（二章）…………………………	098
	浦东开发办公室的一把旧椅子 ……………	098
	庆丰包子铺 ………………………………	101
傅 亮	一片红韵 …………………………………	103
章闻哲	真理与措词（节选）………………………	106
赵振元	前沿（三章）………………………………	108
	超越，总在转折处——贺中国队在北京冬奥	
	获首金 ……………………………………	108
	燃烧吧！新的太阳 ………………………	109
	新能源：奔跑着的未来 …………………	110
蔡 旭	那个送快餐的人 …………………………	113

第二篇章　壮丽山河

周庆荣	数字中国史 ………………………………	119

韩嘉川	生存之地(二章)	122
	梨园	122
	湿地	123
庄伟杰	中国翰园碑林写意	125
卜寸丹	我梦见过一条大河	128
王泽群	珠穆朗玛	130
李自国	万世梨花开	133
亚　楠	边地守望者(外一章)	136
	霍尔果斯河	136
严　炎	酒泉公园	139
郭　风	夜雁	141
许　淇	林语(外一章)	146
	缄默的爱	148
王迎高	在黑渡口,想你——写给水景茶楼	150
王舒漫	雨水醉茶	154
陈志泽	时间没去哪儿	156
林登豪	城之底片	158

封期任	翻新陈旧的日子	160
蒋登科	黄果树瀑布	162
萧　敏	写意重庆	164
熊　亮	长江之水	168
张新平	周口店	171
张咏霖	一路无语在塔克拉玛干的漫漫长途上	173
夏　寒	在可汗山下断想	176
任俊国	走在古南丝绸路上	179
罗鹿鸣	钢钎的自白	183
马　飚	太阳铁	186
孙重贵	莫高窟	190
陆　萍	祖国的拥抱	192

第三篇章　深情儿女

叶庆瑞	永远的黑蝴蝶——听《梁祝》小提琴协奏曲	197
霜扣儿	静听春江花月夜	201
鲁　櫓	观越剧《红楼梦》	204

耿林莽	唇	207
李　耕	蚂蚁与骆驼(外三章)	210
	啄木鸟	210
	少女的黑森林	211
	风	211
海　梦	建筑工(外一章)	214
	白马泉	214
龚学敏	殿试	217
晓　弦	考古一个村庄	220
费金林	讨饭——1970年安徽农村插队日记一则	223
向天笑	陪父亲回家(外一章)	225
	守灵者	226
周鹏程	抬父亲	229
海　叶	检屋漏	231
岭　岭	墓碑上的阿娘	233
语　伞	当诗人遇见庄子	236
崔国发	瓦罐	238

黄　钺	犁	240
黄长江	假如人可以做一座山峰	242
黄昭龙	吞噬鳗	245
萧　风	学步	248
徐成淼	夏——爱情在炽热的火焰里燃烧	250
冷　雪	金属的声音潜伏在一生中	252
陈海容	住在时光家里	254
邹岳汉	雨夜	256
皇　泯	寻源——《七只笛孔洞穿的一支歌》（节选）	258
宓　月	薰衣草	262
华万里	幽谷	264
刘向民	盛开的棉花，是不是乡愁	266
蔡　旭	爱的力量（外一章）	268
	鬼仔戏	269
唐德亮	筛新娘	271
牧　风	玛曲：呜咽的鹰笛	273
司　舜	偏爱那些微小的	275

009

张　烨	脸上的风景	277
三色堇	风是有骨头的	280
爱斐儿	金银花	283
王慧骐	写给首个南京大屠杀国家公祭日——12月13日10点01分	285
桂兴华	写在奥斯维辛集中营	287

跋

王　伟	一抹耀眼的鲜红	295
何建华	"红色主题"的文化内涵	297
王慧骐	埋头苦干的领跑者	301

备忘录
有关理论文章的索引及要点

| 邹岳汉 | 20年坚守——见证新世纪中国散文诗的辉煌（要点） | 309 |

韩嘉川　论新诗的叙事与抒情——以散文诗为例（节选）
　　………………………………………………………… 315
陈志泽　强化散文诗的文体意识（要点）……………… 322
邹岳汉　一个以个性姿态出现而自觉占据时代坐标的
　　诗人—— 桂兴华（要点）………………………… 327
崔国发　人间烟火气　最抚诗人心——评蔡旭 21 世纪以来
　　创作的散文诗（摘录）…………………………… 330
谢　冕　盛大华美的大地交响曲——一个传统文体的
　　拓展与延伸……………………………………… 336

有关散文诗的选本及活动资料

1978 年新时期以来，全国散文诗选的各种版本（不完全）
　　………………………………………………………… 343
《星星·散文诗》近年举办的大型活动 …………… 344
《散文诗》历届笔会代表名单 ……………………… 346
《散文诗世界》近年来举办的大型活动 …………… 350
《诗潮》2000—2021 散文诗大事记 ………………… 351

《湖州晚报·散文诗月刊》介绍…………………… 353
《中国诗界》开设微信公众号《散文诗专号》………… 354
桂兴华诗歌艺术中心策划主办的有关散文诗活动
………………………………………………… 354

第一篇章
豪迈征途

寒夜，枪的发言（三章）

桂兴华

李大钊：迎向抓捕的脚步声

我简直不相信：1927年的春，会这么阴冷！

乌云，将京城的天空变成了砚台。

绞杀令，使四周的气温冻结在零度以下！

那根阴森森的麻绳，确实从绞刑架放了下来，放了下来！

一股恶势力，操纵着整个民族的命运。

遍地荆棘，密布西交民巷的树荫。

伪装的笑，藏在哪一处枪口？

那时候：

你刚对北大图书馆的助理员，布置了需要的誊抄？你刚离开聚会的陶然亭，那架油印机是不是还在摇动？你刚从旧袍里掏出银元，资助了哪些贫困？……

你用无数双手，已经打出了《庶民的胜利》！

此刻,院子里的孩子们,正在向你围拢。

准备听你讲北河沿的故事;准备请你教古诗、下军棋、写毛笔字。你为女儿买来的风琴,还有余音袅袅……

听到那一片童声,你就将准备出击的那支手枪,重新放回了黄昏的抽屉。

枪,握在你的手中,有了柔的一面。

之所以没有射出那五发子弹,就因为你怕伤着天真。

单杆的枪,怎么对付黑森林般的敌群?

中国布尔什维克的"北方领袖",迎着粗野的吆喝,从容就擒。

从容得让敌人都十分震惊。

你坚信自己的党,已经在集结各地的枪。

于是你高昂着头,迎向军阀抓捕的脚步声……

走向绞刑架的,决不可能是你!

你身后的觉醒,已经举起了枪——将死亡,套向整个旧世界!

评鉴

王幅明 *

缅怀李大钊先生，用散文诗表现可以有不同的角度，但聪明的作者只选取烈士一生中最能体现其伟大心灵的一个或几个瞬间。桂兴华选取了烈士在就义前的生活瞬间。

全篇共分为五节。第一节交代时代背景。第二节是一系列设问，其中包含了他在此前为革命事业所做出的巨大贡献和"清贫"的价值。第三节聚焦近景，一位慈祥的父亲，为了怕吓着孩子们，竟然放弃了自卫。第四节从容就擒。本来，按照剧情，第五节应该写烈士在刑场上的表现，可作者将笔锋一转："但是，走向绞刑架的，怎么可能是你！"作品在瞬间升华到历史的高度，此高度显示在烈士坚信：自己的党，正在集结各地的枪！

《李大钊就义》匠心独运，堪称一篇思想与艺术俱佳的散文诗。

---

* 王幅明，评论家、作家、河南人民出版社原社长。

营救彭湃

枪即使在手,也会坐失良机!
危机中的一线希望,怎么就没能把他救出?!
上海。枫林桥一带。押送他的囚车,马上就要到了!

最后的机会,从皮箱里抽出了一批崭新的勃朗宁手枪。
但偏偏枪身上的黄油,竟没有来得及擦去!
子弹,无法上膛!

尽管怨恨,也成了子弹;
都只能眼睁睁看着他,看着1929,看着海陆丰,渐渐远去。
使中国最早的苏维埃政权诞生的那双手,远去了。

他,仿佛还在焚烧佃户的地契。
将拥有的千亩良田,全部分给穷苦。
敢于对财富叛变,需付出多大的勇气啊。
而另外一些叛变,则为了牟取自己的财富,暗缠在他的身边。

他,就这样从我们面前驶过去了,驶过去了。最终倒在龙华塔下。
他,原本可以在夜色中继续召集会议。

就像铜铸的雕塑:"农民运动大王"赤着脚,与庄稼汉举起的步枪一起,欢呼更多的收获……

可此刻,历史却澎湃着、澎湃着那么久的遗憾!

评鉴

王幅明

同样写烈士,这篇就有了戏剧性和双主题:组织的营救与英雄的就义。营救因为偶然的失误失败了,英雄壮烈牺牲,革命遭受重大挫折。作品揭示了中国革命的艰苦卓绝,描绘了中国共产党人的伟岸超群。

作品中关于"财富"的两句话犹如警钟,读之令人难忘,成为整篇作品的诗眼。它使我们对英雄愈加崇敬,对叛徒愈加鄙视。

谁打响了南昌第一枪?

正在《湘江评论》里穿行的心,不习惯带枪。

但他提醒年轻的党：必须时刻，以枪，对抗枪！
当反革命的脚步黑压压扑来，不能再推迟，再犹豫了！

午夜。起义者的背后，弥漫着暴风雨。
同一条道上的脚印，分岔出热诚和动摇。
历史的哨兵，不由自主打响了第一枪。

22年以后：
在城楼上检阅这支革命武装的，不正是那一夜英姿勃勃的这一群？
胸前燃烧的火，不正是红孩子们一代代奔腾向前的领巾？
多亏了——那双无形的、强大的、梦中的手啊，指挥了这一枪！

评鉴

宋怀强[*]

桂兴华的作品是情境诗。他能使朗读者一拿到稿子，就想跃

---

[*] 宋怀强，表演艺术家、上海戏剧学院教授。

跃欲试。这种感觉很重要,这不是一般风景能提供的,他已经营造出一种气氛,让我兴奋。

反映1927年8月1日这个重大事件,桂兴华紧紧扣住其中的关键环节:第一枪。这第一枪,既是宏观的——南昌起义,打响了武装反抗国民党反动派的第一枪;这第一枪,又是微观的——异常紧张,黑夜中的一位哨兵,很偶然、情不自禁地发出了警示。因有人已经出卖情报,周恩来随即下令提前起义。8月1日清晨2时,叶挺亲自指挥战斗,朱德所部也参加战斗,贺龙指挥将红旗插上敌司令部内鼓楼上。桂兴华正是根据这段历史创作了这首《南昌起义第一枪》。我在朗诵这篇作品时,特别注重情境的揭示。情境和情景是有区别的。现在很多人都喜欢用情景朗诵这个概念,其实是有误的。

笔墨怎么集中、单纯?诗人特别需要这样的路线。寥寥几句,智慧的火花四射,就必须将具体的过程砸碎、重组,而且要在原地起飞,飞向梦的境界。他认为:"描绘,从来就不是诗人的主要艺术手段。"

这样,桂兴华的"情境诗"才会撼人心魄,句句有画面,不空洞,充满张力。无论是创作伟人题材,还是反映草根生活,除了画面感十分强烈以外,情绪也非常鲜明,有爆发力。

"情景"的"景"是具体、直观和吸引人的,指具体场合的情形、景象。"情境"的"境"是指构成和蕴涵在情景中的那些相互交织的因素及其相互之间的关系。"情境"的范围要广于"情景"。前者是对某一场景、局面的描述；而后者则要大得多，不仅包括场景、与事件有关的人、物、事，还包含某些隐含的氛围和人们对事件的看法及反应情绪。如果按照情景朗诵的话，你要把有关场景的服装、道具、舞美等全部配上去，那就变成演戏了。显然不妥。但凡好的诗都是有情景的，都需要通过演员的语言表现出来的，而不是用其他的手段，诸如大屏显示、舞蹈、手语、情景来图解。人类语言本来就具有描绘画面的功能。高品质的朗诵都是能通过声音和语言来揭示情境的。如果由于一部分人的语言功能退化，而不得不使用其他方式图解语言的话，那只好退而求其次了。

媒体报道：桂兴华是一位红色诗人。但是，人们是否发现，他在红色的情境的渲染中，却用了七彩的方式进行了情景的提炼。情境是时空的具象符号，它是动态的，情景只是情境当中的一个相对静止的局部片段。这首《南昌起义第一枪》正是建立在历史大背景基础上的情境渲染。而对于情景，诗人只是几笔勾勒而已，然而正是这种勾勒，却把一部宏大叙事的篇章构架得更精致、更先声夺人。

长征（六章）

黄亚洲

穿草鞋的马克思

这是哪一个夜晚，一盏油灯，在中国江西瑞金的哪一座瓦檐下，点亮了智慧？点亮了思想的导火索？

导火索，连着一座火山的根部。

苏区即将喷发。中国的火焰要向西北流动，以它岩浆的形态。而我知道，岩浆，是一个以忍耐著称的民族，最后的说话方式。

不是溃逃，也不是倒背旗帜，是土地和天空的更新。

就是这样，不能让蒋介石的四道封锁线，扎紧革命的主动脉，让中国，在江西失血。

把银元和药品分到各军团；储存草鞋，储存草一样顽强的生命力；把妇女编队；所有的文件，现在，都由扁担装订。

这是一个国度的整体移动。

由于磨擦，这个巨大的板块，将溅起火星或者太阳。

一些山峰注定要被撞开,一些江河注定要被蒸发,火山灰将以硝烟的姿势,使全世界的报章持续咳嗽;在那些报纸的报眼里,将流出中国西部所有的大河。

这是穿草鞋的马克思,在中国走路。他曾经在欧洲徘徊,现在,他把出发点定在江西。

毛泽东也被抬上担架,他正在病中;我们知道,最初的那盏油灯不属于他,但是随着与滚滚岩浆的一起奔流,他也将持续地低沉地发出一座火山的全部轰鸣,以他地地道道的、开满辣椒花的中国湖南方言。

岩浆流到哪里,辣椒花就开到哪里。土地的力量与土地的形态,是一致的。

桂兴华*

作者的思路异常开阔,尤其在形象的嫁接上,常常标新立异。

---

* 桂兴华,诗人。

于是,"岩浆,是一个以忍耐著称的民族,最后的说话方式""所有的文件,现在,都由扁担装订",以他"开满辣椒花的中国湖南方言",等等,甲与乙之间的联系,无不充满了作者独有的创造力,而且全篇没有苦涩感,流畅。

美髯,周恩来

可以这样形容,周恩来的髯须,生长着全国的草本植物;因此,他的那种轮流抚髯的细小动作,就可以解读为,他,又在进行战略性的地理思考。

那时候与他并肩站立的,还不是毛泽东,所以一些影响植物生态的气流,他必须警惕。

白天,仰头看天,一串大雁飞过,他也需要分辨,那些形状,是不是一行俄文字母?

现在,他缓缓伸出了他的手,他的手是揿动按钮的大手之一:一扇阀门的打开,一座火山的喷发,一个生命过程或者一个死亡过程的启动。

在没有接触按钮之前,他,先要细细梳理他的髯须。哦,法兰西的风,又是哪一年,吹过这些敏感的草尖的呢?

然而,他现在的手感,只是泥。现在,他的全部的根根须须,只粘着——中国泥土。

此刻是夜晚,他凝视火苗。同时,他的手指,继续,缓缓地行走于下巴的丛林;他是走南闯北的人,善于分辨植物。对他来说,每一种植物都是一种战略,一种草本战略。

国土的面积有多广阔,他的髯须就有多浓密。

很多天没刮过脸了,有些刺痛,但他坚持着摸索,手指在丛林中行走。

他知道,体肤不断流血的人类,就是通过摸索森林,才来到这个世界的。

后来,他和衣睡着了。天没有亮。中国所有的森林都在黑暗中。

他,在不停地走路。梦中的植物,一大半是荆棘,有些刺痛。

星光,邓小平

在整个遵义会议上,他的形象,都是一颗星。

准确地说,他是《红星报》的代表;他为会议作一次默默的照明,提上一盏带有五个角的星。

邓小平坐在角落里。那地方,正是一盏照明灯应有的位置。

太需要星光了,如果中国革命,必须,在最黑暗的深渊里行军。

一般来说,征途中的星光,有两个来源:一个是夜;一个就是《红星报》版面——那些密密麻麻喊喊喳喳地被排版的几万双眼睛。

作为媒体的形象,邓小平倾听着战争内部的战争;在硝烟过于阴暗的时候,他会把灯,提高几寸。

他的灯罩里面,几万双将士的眼睛,眨成安静的星星——所有的星光在认明道路之前,都希望挤进司令部的角落,认明领袖。

邓小平很少说话,甚至没有吭声,因为他不再需要说话,他是带着满意的神情离开会场的——每逢黎明来临,星光都是如此。

评鉴

桂兴华

以髯须,来写特定时期的周恩来;以坐在角落里、手提一盏照明灯,来比喻当年遵义会议上邓小平的位置。多么形象,又多么准确。看是随手拈来,其实,作者用心良苦。苦在追求视角的独特。看来,他已经学会了淘汰,淘汰所有一般化的视角,尤其在人人可能涉足的题材时,下笔需谨慎。

泸定桥

路,有时候是土地,有时候是水,有时候,是13根铁链。

在铁链上走路,需要22个人,22支枪,22把马刀,以及,22句摘自《国际歌》的口号。

而且,需要匍匐前进;把目光,降低到火舌的高度;让皮肉与铁链的磨擦,发出骨头的声音。

敬礼,二连连长廖大珠;敬礼,廖大珠身边的战友;现在,铁链与你们背上的马刀,以及你们的脊梁骨,是同一块钢铁。

一个世界在阻挡一个世界的靠近。所有的蛇,都在吞吐机枪的舌头。但是,奴隶身上的铁链,已经不在奴隶身上了,它们,已直接钩紧了统治阶级的底座!

13根铁链,全是由大渡河淬火的,专门选择1935年5月29日,成为道路,成为一个阶级、一个民族、一个国家最宽广的通途。

让我们永远记住《国际歌》的这一次特别演奏——在中国四川,在泸定,在机枪和军号的伴奏下,这22个跳动不息的音符,以及,由钢铁打制的晃动不息的两个半五线谱!

王幅明

描写面对敌人的机枪扫射,在泸定桥的13根铁链上匍匐前进,有着钢筋铁骨的22位红军战士,需要淬过火的诗句。黄亚洲的诗句,便有如此的硬度、温度和质感。开篇关于长征之路的描述,如神来之笔。他进而点出英雄的名字,渡河的日期,赋予这条由13根铁链组成的道路,"成为一个阶级、一个民族、一个国家最宽广的通途"。黄亚洲用钢质散文诗,纪念党的百年风华,为长征英烈们雕塑群像。

草　地

如果,你的草尖,都像大肠纤毛一样晃动,又让我,如何来形容你大草原的美丽?

如果,你柔软的土地,都如胃壁一样贪婪,我又怎么敢让我的脚步,听从蝴蝶的引导?

现在我已走入了草原深处,我不知道,白花是不是你的牙齿,红花是不是你的舌苔?

风吹过的时候,黄花像眼球一样抖动;我不知道,这是否,就是你食欲的信号?

一个战士,一匹马,会在瞬间消失。泥浆吐出一串气泡,像是饱嗝。

"快抓住我的手!"有时候,动作必须疾如闪电,不要让士兵把20岁的年龄,直接栽入土地。

队伍走出草地的时候,又短了一截。该让我,怎么来评价,大草原黄昏时分的宁静？

有时候，中指或者食指，会像草根一样裸露。一只蝴蝶，停在上头。

有时候，一顶孤单的军帽，会在草根间飘浮；那是思想在代替脚步，完成悲壮的征程。

如果说，中国革命曾经穿过几天刑衣，那么，就让我们，永远记住开满红花、黄花、白花的这片色彩斑斓的草地。

评鉴

王幅明

草地，通常是人们的向往之地，它拓展着人们关于浪漫和美丽的想象力。可谁能想到，草地曾经是一个披着美丽外衣的恶魔，瞬间吞噬掉许多红军战士的生命！《草地》再次展现了作者卓越的才艺和现代意识。他能随着题材的需要变换相应的风格，既能阳刚也能阴柔。场景的镜头感显示出作者剧作家修养在此时的融会贯通。古法在他的作品里得到了承传：以乐景写哀，以哀景写乐。

长征的轮廓

也许,是作概括描述的时候了。我与长风并肩,站在宝塔山顶。

天空从最高的地方俯冲下来。其中汁液的部分,成为河流;残渣,构成山脉;而一些最精微的思想,则蜿蜒成一支部队,并且,很可能,以一面弹洞累累的红旗,作为先导。

这是天底下一次最奇异的运动。一些思想,从一地,移到另一地。中间的连结部分,是一根连绵不绝的血管,一句余音缭绕的诗歌,甚至是一根有脓有血的绷带。

这个过程如果进入数学,可以简化成两万五千;进入哲学,那就是负责解释,土地,怎样转化成天空,并且,锻打成太阳。

还可以从火山口入手,沿着地质学,进入岩浆的长度。

还可以,通过毛泽东的词赋,将所有山脉河流,装订成史诗。

最后,再说到红旗。

它的旗杆,其实很锋利,如同一把地图上的手术刀,因此也可以这样联想,这是一次伟大的剖腹产,划痕很长;划痕是一些伟大山脉的等高线:也就是说,一个古老的民族,用青筋如龙的抖颤的手,捧出了自己的婴儿!

评鉴

桂兴华

黄亚洲的写作格局大。他能够画国画、漫画、水彩画，也能够大笔一挥画油画。

散文诗写意，更加难。"土地，怎样转化成天空，并且，锻打成太阳"。想象力非凡。能启用"长征的轮廓"这样的标题，必然是位大手笔。且不肤浅。因为肤浅，会让读者看不起散文诗这个品种。散文诗要有警句。作者的警句频频冒出，是有力度的表现，是思想性的量化。作品是监视器，悄悄地显示了作者的底蕴和积累。

征途(二章)

龚学敏

跷碛,和一位藏族老人说起夹金山

跷碛,我衣衫单薄,需要用那些红色的传说来保持温暖。

老人的声音,用藏语扶着我的诗歌。说,涧水还清,你要洁,似那些没有鳞的鱼,透明。我坐在篝火的光芒中,还是冷。

四周遍布少女,银子的年龄。月儿升起,我用16年的书养大的羊,丰腴,毛发洁净。

胡须,长过了所有的江河。循着声音而去,老人的名字,是我景仰了一生的雪山。

与前世有关。老人的手指正在穿过我想象中的雪花,大可以覆盖她们从山上传来的歌谣。

我看见一袭藏袍行进在山间的全部过程。辣椒们不分男女,像是过年时门前开放的春联,钟声一响,便朝着北上去了。我望着她们,是所有植物中最美的花儿。

最好的青稞酿酒。

最好的男儿当兵。那是我走过的乱世,我把最好的那支笔,留在了1935年的山上,让它从戎,用藏语写诗。

直到今天夜里,在跷碛,在老人雪花样洁净的泪水中,我又读到了那1 000里的雪,像我的爱人。

在跷碛,我衣衫单薄,需要用那些红色的传说来保持温暖。

我打过的马,抽象成孩子们清晨背诵的那些字句。一行,更喜岷山千里雪。一行,三军过后尽开颜。顶多三行,便是过了那大江的狮子。我留在跷碛,值了。

在跷碛,我看见那么多崭新的藏寨,和在书中的屋顶上,晒着太阳的老人。一张纸要白,你要教我用藏语写诗,纸一样洁白的诗。

我要把那么多的女人写成锅庄,让她们围着你,你就用光芒、唱歌、抒情,给她们讲再也不会有的故事,和一粒叫做跷碛的宝石。

评鉴

王幅明

真正的好诗都是"这一个",犹如天赐,是无法克隆的。龚学敏的诗歌可以归入此类。当然,天赋是前提,灵感则由热爱滋生。当热爱近于痴迷,灵感或会飘然而至。

读《跷碛,和一位藏族老人说起夹金山》,我们心中升起一座神山——夹金山,也有了一个用红色的传说来保持温暖的宝石小镇跷碛。而这一切,全拜诗人龚学敏赐予。缘于他对红军与藏民彻骨的热爱,也缘于他的一支生花妙笔。

在安顺场,我看见了在大渡河飘摇的船

夜色拧紧,如一树未开的花朵。

我只能这样形容一支队伍的际遇,和它流水的名字。

在安顺场。诗歌又一次被船桨拍打成夕阳。用传说划船的人,为首姓龚,是我的本家,被水浸着,来回渡一次,我的诗便多了一行。直到万水千山写遍,我又重来……

直到今天。路上的草,走出安顺两字。男人们在田中插秧,行行成诗,叫安,领我读古书,读写下的新田园。女人们摘枇杷,腰细,是大渡河谷的柳,顺。

在一本长征的书中,播有四时的芬芳,和一种叫作安顺的香。龚在船头,要带我的书,再走一遭。在水中,兄弟们不识字,只是把书洗白,像是我的想着的洁净。然后,霞光一万丈,尽染山河。有一丝红,游成书的封面。在安顺场,那艘在大渡河飘摇过的船,

黑色,是夜拍打我的水声。

在安顺场。我用霜降把书中的歌声擦亮。在安顺场。我和龚,用照片中的黑白,聊了80个年头被大渡河洗过的天色。从此,那位墙上的龚,就成了我姓氏的故事中,飘摇的大船。

注:中国工农红军强渡大渡河纪念馆内藏有安顺场当年摆渡的老船工照片,上有船工龚万才、帅士高、张子云、何廷楷、韦崇德。

评鉴

王幅明

龚学敏的《在安顺场。我看见了在大渡河飘摇的船》,让我们领教了何为家国情怀。因为得知当年为红军强渡大渡河摆渡的老船工中有龚姓(龚万才)后,龚学敏感慨万千,"直到万水千山写遍,我又重来……""从此,那位墙上的龚,就成了我姓氏的故事中,飘摇的大船"。

从此,在龚姓中,我们不仅知道有思想家龚自珍,还知道有个农民船工龚万才,当然,也有写出长诗《长征》的龚学敏。

红的记忆（二章）

刘 虔

一粒盐的轰鸣
——为红军将领张子清和他的时代而作

1930年5月,他终因伤口感染溃烂不治,垂危之际说：天很快就亮了。毛泽东称他是"红军中的关云长"。

今夜。对盐的记忆从时光的回望里重新燃起……

盐是海一生的结晶。

海是盐永生的四季。

盐粒,寒冷雪地上的声声鸟鸣。

盐粒,纯洁如白雪飘飘的生命的誓语。

曾经的梭镖红缨枪,还有三八大盖何曾走远？

八角帽上闪闪红星挂霜戴月的日子何曾走远？

两个阶级为了生死命运展开的搏斗如在目前。

盐粒,披着血丝的火焰已然握在我们手中,握在历史母亲为我们恒久镌刻的记忆上,成为震荡不息的大旗,震荡在我们的天宇……

今夜。大海仍旧浪涛翻卷,一如盐粒的舞蹈。

凝眸盐粒。凝眸百年岁月横空而出的世纪。

那些燃烧的盐粒,骨血伤痕累累。

那是使命喷发的力量总能穿越时间的老墙。

江山只为杜鹃红,不屈的头颅高过云天。

而远去的刀光剑影,依然灼热着我们的日夜。井冈无眠。雄风飒爽,把每一个山头点燃。连小草也曳满岁月的光辉,含泪生长。思念,蘸着盐粒的悲壮,雪莲花一样开放。在秘而不宣的海潮深处怀抱春光,独自灿烂……

海,多么阔远。我的心总想在海岸徘徊……

你好,海的盐粒。眉宇间深藏历史的风云。胜似阳光,没有寒冷,没有谎言。唯有一片血色的苍茫,血色的惊警与期望。像年夜老屋母亲点燃的灶火,新年簌放的鞭炮,振奋着我们,振奋着所有华夏儿女的情肠。决不放弃。不可悲伤。拒绝背叛。现在是心在叮咛。暮色里升起大地的歌声。

我们把记忆的血泪紧紧地攥在手里。

就像这洁白的盐粒,满是海的呼喊和激扬……

南方。红丘陵土地上的奇葩

一座村庄。南方红丘陵土地上我的村庄。

红土地奉养的奇葩。我的心上之光。唯一的欲望,唯一的亲人,孤寂地挺立着,不曾失眠,也从不失望。只想永远地回响着天籁与地光的赐予。

稻谷飘香。麦苗抽穗。桃树和柚树的果实在村后山林里彼此张望。

月光照着三月,田垄里有守夜放水的乡亲。躬耕的老牛已然退役,而今更有了机声与电光的喧响。我的村庄,在大地资水与雪峰交汇的一隅,在河流漂泊与山峰屹立的绵长的故事中,辩诉、哭泣或者歌唱。搂住泥土的气息和誓言,铺展岁月的呼吸与呐喊,梦里总有自己的远方。自由与汗水,是唯一能够拯救的方舟,唯一可以飞翔与栖居的翅膀。

我的村庄,我的奇葩,屋顶的炊烟已然一改陈年古老的烟火,一缕缕太阳的金光,在那蔚蓝的天空中起伏如波浪。

昨日、今日与明日。南方红丘陵上毫不起眼的永远的绽放,给我以清晨与黄昏,才是我心灵的归宿,我的心上之光……

评鉴

桂兴华

他认为：新的、有感染力的角度从何而来？是在寻访、深入生活中积累更多的对象。追求前沿，就得与第一线的人群在一起。他坚持去最有时代气息的地方提炼诗意。他的代表作是1982年的《夜，亮了华灯，亮了华灯》。为人豪爽。语速快。笔头勤。

他与我对谈的时候，都认为：光追求题材的宏大，是好高骛远；场面太宏观，读者往往会走神。散文诗要"做大做强"，必须在诗这个核心上下大功夫，即在大视野中捕捉小细节。从细节入手，是作者重视现场的表现。怎么把握重要的地标和关注点？从大处着眼，在小处着笔，尽量细腻些。

我发现：外出参观时，一大堆人群中，往往只有他掏出从不离身的日记本，刷刷刷在记录。不愧为《人民日报》的好记者。他不是总住在北京。听说一年有一半时间住在风光秀丽的海南。他最近加入了散文诗年选的主编行列。对他的《绿之韵：小鸟天堂》

《台山,这一片心中的蔚蓝……》等新作,崔国发这样评论:"酣畅淋漓的表达,浑然天成的铿锵,壮怀激烈的节奏,连绵精巧的结构,给人们以审美的启迪。"

短笛(二章)

柯蓝

真　诚

我非常贫困,一无所有。

我唯一的财富是我的真诚。我唯一的满足是我的真诚。我唯一的骄傲是我的真诚。

因为我有了它,我的头从不低下;因为我有了它,我的眼光从不躲闪。

我的真诚使我一生没有悲哀,没有痛苦,没有悔恨。

愿我真诚的生命永远闪光。

2014 年 12 月 29 日晨

萤火虫

萤火虫在夏夜的草地上低飞,提着一盏小小的红灯,殷勤地照看这个花草的世界。

萤火虫,你不觉得你的灯光太小吗？不觉得你是在燃烧你自己吗?

萤火虫没有回答,它还在不停地飞来飞去,提着它那美丽的用生命燃起的红灯,飞舞在百花之中……

评鉴

桂兴华

散文诗因文字凝练而秀美,因富有哲理而耐看。真诚,就该这样直抒胸臆,直截了当。

文如其人。就像他的早期作品《萤火虫》:"还在不停地飞来飞去,提着它那美丽的用生命燃起的红灯,飞舞在百花之中。"

柯蓝先生因病于 2006 年 12 月 11 日逝世,终年 86 岁。他在担任中国散文诗学会会长期间,主办了各种培训班、笔会,倡导新的散文诗形式,如"联组散文诗""同题散文诗""政论体散文诗"等,使散文诗像记者一样进入生活的热点;特别主张时代感,影响力比较大。他在描写大事件、大场面中,充分调动了散文诗的特点,往往扎住其中一个小细节,寥寥几句,就完成了,给人留下深刻印象。例如一章题为《爆破》的散文诗，从开头一句"工地上一片静悄悄，这是一个欢呼前的静寂"。

我很敬仰他，他的写法对我有很大的影响。他和夫人曾一起过江到我浦东塘桥小屋。豪放、外向，爱走动，好朗诵。著有《中国散文诗创作概论》。他的散文《空谷回声》曾经被改编成电影《黄土地》。

井岗桃花

牛合群

桃花打开春天之前，必先打开冰的封锁与扼杀。

从此，四井岗的10万亩桃花，每年都会掀起一场红色风暴；

那么多杀声，都在为理想壮行，为主义开路，为汉水推波助澜；

像是在拯救苦难的祖国，又像是历史有意在这里留下让后人铭记的一课。

像是滴入泥土深处的呐喊，又像是人间最美妙的大合唱；桃红由内往外渗透，成为一种镌刻在生命骨头上的诗句，成为一种舍我其谁的燃烧。

而我的内心，被落下来的桃花砸痛。一个比我儿子还小的红军战士，衣衫褴褛，血迹斑斑，就倒在我看得见的桃树下，手里还握着战斗的钢枪。一个比我还老的红军老表，还在背着行军锅，背着为数不多的两袋粗粮，背着铮铮誓言。

桃花峥嵘，让流血牺牲更加真实；桃花刻骨，灿若诗歌与生命。

理想与阳光擦亮的桃花,正在一步步嫁接到我的灵魂之上,让它放歌。

凋谢的桃花,更像是写给每一个英雄的悼词。

评鉴

桂兴华

印象最深的是:动词精彩!

一个动词,胜过100个形容词。而且,作者从头到尾注意了每一个动词!这就显示了他的文学功底。因为他使用动词的时候,十分大胆。谁有过被桃花砸痛的经历?谁见过桃花掀起风暴?谁读过桃花写下的悼词?这里有!而且读起来铿锵有声。

行文的时候,首先考虑:能不能运用动词。这是一条经验。

叶坪读书石

朱华棣

时间苍茫。故事常新。

隔着久远的岁月,我仍然触摸到这块石头的体温。

伟人远去的背影隐约可见,留下一页石头之书、时间之书、历史之书,供后人诵读。

一棵古樟树下,这块石头静卧,它静默苍茫的决心,等来一纸姓氏。

它与一个伟人相遇。

毅然叩开历史的大门,走进世人的视野,走进历史的进程。

石头高于大地的海拔,恰好托起伟人的足迹。

伟人在石上阅读天地之书,日月之书,历史之书,家国之书……

读到沉迷处,敌人的飞机带着炸弹从樟树的顶上飞过,他竟然毫无察觉。那一次,敌机投下一颗炸弹,落在樟树的树丫上,没有爆炸。

这是真实的存在抑或传说,已无关要紧。伟人逃过一劫。

伟人在读书石上瞭望江山,倾听大地低处的心跳,洞察人间疾苦。鸟鸣,树影,烽烟,雷霆,闪电,花香,在书页上滑过。

历史朝代更替,江山社稷兴衰,人心向背规律,答案在书上,也在书外。

石头之上,伟人在书页上已骑上思想的骏马,驰骋在时代的大地上。忠实的石头或许没有想到,坐在它上面的主人,在读书,也是在写书。书本已然开合,伟人创造历史又走进历史。

一块刻有"毛泽东读书阅报处"的扁石,在瑞金叶坪,毛泽东旧居旁边。

走近它,就能听见那段烽火岁月的心跳。

评鉴

桂兴华

这块石头被他注意到了,含义也被开发出来了,作者已经成功了一半。加上他的想象力又猛然爆发:"坐在它上面的主人,在读书,也是在写书",那肯定能够打造出佳作。因此,怎么找到爆发点,是写作的第一要素。

瑞金

蔡宗周

瑞金,很小很小,小得像共和国胸前一枚徽章。映亮了960万平方公里的大地。

瑞金,很大很大,大得成为苏维埃红色之都,星星之火从这里燎原。

瑞金,很穷很穷,穷得城里尚无几个叫得响的企业,农村尚无一处富得让人羡慕的村庄;瑞金,很富很富,蕴藏着宝贵的红色资源,给贫血者输血,给软骨者补钙,给灵魂苍白者以理想。

瑞金,索取得很少很少,红米饭南瓜汤喂养了革命;

瑞金,奉献得太多太多,全县查有姓名的烈士就达17 393人,长眠在这红地中。

瑞金苏维埃政权的土屋,是共和国大厦的雏形。土屋里一个一个标有委员会的房间机构。

瑞金像一团红色火焰,点燃了青年的热血;

瑞金像一湾碧澄的清泉,洗涤着人们的灵魂。

啊,瑞金装点了历史,历史装点了瑞金!

评鉴

桂兴华

层次分明,是这首散文诗明显的优点。内容,可以再拓宽一些。今天的读者已不满足于单线条。多视角、多维度交错,感受就会不一样。如果有个典型的事例作为支撑点,那就更好了。

纪念馆里的小铜号

王富祥

锃亮的身世,存列在瑞金中央革命根据地纪念馆。

小铜号,曾经吹奏一段又一段青春的乐章,荡气回肠。

高昂的头颅,以不寻常的气场吹响过红军的初心。唤醒那些年沉睡的村庄、山林、小道和河流。

激荡的音质,成为征程中的证言。

成为红军战士熟悉的口音,拨亮梦想。

小铜号,吹响的冲锋号角是上了刺刀的音节。

爆破音,成为剑!锋利、尖锐、镇定、果敢、不畏强敌的呐喊,汇集成铜质的气势,以巨大的杀伤力在压倒性的俯冲中震撼了敌人的阵营。

在这冲锋的号令碾压过的地方,红军战士的脚迹一步、一步篆刻在中国的版图上。

这把擦亮过声音火苗的小铜号,仍然活着。

这把激活了镰刀、铁锤和长矛的小铜号仍然活着。

这把将黑暗天空吹亮的小铜号，仍然活着。

怀着崇敬的心情，我还听到陈列架上小铜号的心跳声！这个声音连接着新时代的脚步，连接着前来瞻仰的每一个人的共鸣。

评鉴

何成钢*

"以少胜多"是这篇诗作的艺术特点。通过"红军战士熟悉的口音""刺刀的音节""仍然活着""小铜号的心跳声"，这些拟人化的修辞手法，将红军曾经战斗过的"村庄、山林、小道和河流"、红军战士"锋利、尖锐、镇定、果敢、不畏强敌的呐喊"，生动地呈现出来。文学是反映社会生活的一面镜子，但这种反映并不是纤毫毕露，万象罗列，把所见到、所听到的一切机械地再现出来，而是经过挑选提炼，有所取舍，抓住事物的本质特征，进行具体而又形象的描写，"小铜号"这一具体事物，"以少胜多"，起到了"睹一事于句中，反三隅于字外"的艺术效果。

---

* 何成钢，中国金融作家协会会员、学者。

陌上梅花（选自《大地五部曲》）

罗长江

梅花引

一夜之间，陌上那树白梅开了。

陌上的那树白梅，每年都是"立春"时候开放的。

感觉中，那支名叫《梅花引》的箫乐悄然而至。古典悠悠的清芬漶漫而至。

眼前的白梅渐渐幻化成一位身着蓝士林布旗袍的女子。手抚洞箫，低低地吹啊，吹啊，冰肌玉骨的那份高洁，凌寒留香的那份情愫，一一从纤纤素手间旁逸斜出。

那些美丽的湿淋淋的碎片，那些不经意间被岁月之粗糙的手掌渐渐抹平的记忆，一并在温凉的天籁之中浸渍并复活，袅袅娜娜，游弋于氤氲于阡陌之间，山野之间，天地之间。

哦，素艳乍开玉魂来，倚风吹动春消息……

之一: 梅之欣

好遥远好遥远的事情了。

18岁那年,她身着露水衣裙,头戴蒙面丝帕,乘一顶花轿,嫁给后来成了将军的夫君。

夫君最爱听她吹古曲《梅花引》了。

夫君听箫的时候,眼睛眯成一条线。

夫君说,听出来一朵一朵的梅花是含着欢乐,笑吟吟开的。

夫君说,听出来梅花一开,雪花也就翩翩来临了,落到头上、脸上、鼻尖上、脖颈上,温凉温凉的,温凉中沁出来一缕一缕暖意。

夫君说,听出来箫中的梅树开的是白色花,每一朵白梅的花蕊有一个紫色的痣,那叫"美人痣"呢。

长着一颗美人痣的梅娘吃吃地笑了。

之二: 梅之凛

1927年暴动失败,夫君奉命回家乡拉队伍搞红色割据。梅娘带着家眷则留在上海。

出发前夜,一弯新月如镰。

夫君让她吹起那支百听不厌的《梅花引》。这天,箫中的梅花显然多出一股凛冽之气,苍茫之气……

风声越来越紧了。

因了叛徒告密,并非共产党人的梅娘被当作"共党要犯",蹲了整整7年监狱。身陷囹圄,《梅花引》的旋律一直涌动胸中。"雪虐风号愈凛然,花中气节最高坚。"铁窗岁月,将梅花风骨、梅花气节,磨砺成了生命的舍利。

她梦见夫君夸她是一树迎风斗雪、凌寒留香的腊梅花!

之三: 梅之寂

1937年,上海"八一三"抗战伊始,梅娘获释出狱。

回到老家,在宗祠里的小学做了一段时间教员,教文化,教抗日歌曲。老一辈的人都记得,每天早上和下午,身穿蓝士林布旗袍的梅娘从青石板巷子走过,一条街巷都亮了。

独处的时候,她将《梅花引》吹得如泣如诉,借箫乐向远在西北战场的夫君诉说无尽的思念。晚风中,隐约传来当地民歌:"马桑树树儿搭灯台,写封信儿与郎带,你一年不回一年等,你两年不回两年捱,钥匙不到锁不开。"

听着听着,泪水打湿了白梅一般的脸庞。

探进窗棂的一缕星光,小心翼翼替她剔出杂在乌发中的一茎半根白头丝。

一夜箫管无人见,无数梅花落野桥!

山高月冷。月儿仍是一弯缺去大半边的新月……

夜里,她又梦见夫君了。

之四: 梅之殇

风雪狂舞的黎明。

梅娘面向西北方拼尽全力吹罢一曲《梅花引》,于贫病交加中溘然辞世。

那一天,是"立春"的日子。

(立春。东风解冻,蛰虫始振,鱼上冰)

呜咽的溪涧,垂首的铅云,一并低回着那支不屈不挠的《梅花引》。

雪花低低旋飞,一方山川为她披麻戴孝。

这年春天,青冢的右前侧长出来一株梅树。

一缕梅魂自新坟飘然而出……

之五: 梅之魂

这树梅花,每年应着立春的节气开放。花是白色的。开花的时候总会有一场雪相伴而至。

回雪流风。幻美乍现。乾坤清气无计数……

往后的日子,村庄的人只要见到这树白梅开花,就知道是立春了,就知道有一场雪该下了。或者说,只要立春的节气来临,就知道陌上坟茔一旁的梅花该开了,就知道有一场雪该下了。

山野静悄悄。墓地静悄悄。

美丽圣洁的将军夫人,生前大部分日子与寂寞厮守,死后依然与寂寞相伴。一如陌上梅花悄悄开放又悄悄飘零,悄悄飘零又悄悄开放。

"十年动乱",将军蒙冤屈死。蒙冤那年,白梅随即枯萎;屈死那年,白梅随即枯死。再过几年,将军平反了,梅树又奇迹般地刷刷刷活了过来。村上的人叹道,白梅,白梅,分明是将军夫人托生呢。

梅花开放、雪花飘飞的日子——

隐隐约约若见陌上有人在夜深人静的时候吹箫。

隐隐约约若见手抚洞箫的梅娘扶袂飘飘,自青冢翩然而出。

纷纷扬扬的雪花旋即翩然而至,烘云托月一般,旋舞并簇拥在白梅四周;烘云托月一般,旋舞并簇拥在手抚洞箫的梅娘四周。

箫声中,薄雪花一片片,一瓣瓣,如飘忽的粉蝶,飐得好轻好轻呵;一泓绿潭悠悠闪亮在雪野,恍如装满思念的荷包;蜿蜒于雪野的小溪,恍如荷包里绵出的绿丝线。

曲中无别,并是为相思。

哦,梅之魂。梅娘之魂。

之六: 梅之香

箫声隐约。有人下到溪里汲水。

水桶里,音乐般磕响着薄明的冰片。

踏雪访梅的小女子说:薄冰片好用来嵌相框子呢,嵌一支白梅的影子,嵌一抹报春的笑靥……

"随身听"飘出罗大佑的歌,声音则是极轻极轻的:

  给我一朵腊梅香啊腊梅香。
  那母亲一样的腊梅香。
  那母亲的芬芳是乡土的芬芳。
  给我一朵腊梅香啊腊梅香。

大地静好。尘世生香。

小女子盘桓在"只有香如故"的意境里,走啊,走啊,一直走得心里面堆满了如雪如梦的梅花。

敬文东*

《大地五部曲》2022年隆重推出。《大地五部曲》对散文诗另有理解,它首先是从语言的层面革新了散文诗的内涵,从而让它

---

* 敬文东,中央民族大学教授。

具有中国本土的特色、汉语言的特色。罗长江使用的汉语有两个极点,一个是沉重,另一个是飘逸。沉重与飘逸,都听命于情感。沉重和土地有关,飘逸则和天空联系在一起。毫无疑问,《大地五部曲》更偏重汉语的土地特质。作为土地的反面或必要的参照物,天空在《大地五部曲》当中也理所当然地得到了呈现。听命于语言,更应该听命于情感,这是《大地五部曲》对散文诗从语言的维度给出的独特理解。《大地五部曲》各种文体多管齐下,使得大地自身的复杂性、多样性、爱恨情仇一并得到了没有死角的诗情抚摸,提供了一个散文诗还可以这样写的新文本、全文本。

龚旭东[*]

散文诗应具有精神原创性与艺术先锋性。《大地五部曲》让我们有了一个可以真正作为文本分析的标本。书中有很多新鲜的艺术追求和艺术经验,比如发帖、跟帖,本来很难进入诗歌里去,《大地五部曲》却用它们多层次、多角度地体现了各种社会观点、社会公共性的情感情绪观点,很和谐,打破了叙述和叙事单一

---

[*] 龚旭东,湖南省作家协会副主席。

的角度,具有很强的延展性。本书引导我们进一步思考,散文诗和分行的诗差异到底在哪儿?启示我们,散文诗更具有综合和开放的诗性,可以更多地为了意义表达的需要,将一切可以拿来的艺术形式、方式、方法、手段运用进来,去探索一切新的艺术可能性。在此基础上,文学的界限越模糊,散文诗的空间就越开阔。所以理想的文本创新,它一定是思想溢出或者撑破艺术的结果,这才是最好的艺术表达。

黄恩鹏*

罗长江的《大地五部曲》是一部卷帙浩繁的散文诗叙事长卷,作品弥漫浓郁的"母土"气息:祖先、自由、爱情、生存、战争、神话等,似曾相识的事件,以不同视角、结构和手法,构建了长篇散文诗滔滔时空的"宏大叙事"。作品的文本策略是以小说的语境、剧场的效应、电影蒙太奇等手法安排和架构整体,不拘一格并葆有诸多新文体"杂糅",让语言的绵密与思想的布局相关,与理想化了的风格相关,当然也不妨碍从整体的概念、风格、结构、人物、情

---

* 黄恩鹏,解放军艺术学院教授。

节等来求证独特的语境对散文诗文本的适用,甚至是开掘性的。《大地五部曲》立场明显,根基坚实,从而枝叶纷披、思情饱满、想象充沛,也让诗的意象粲然生光。诗人一方面受"物色"感知,喻写自然;一方面运用主体之思,关怀人类的处境。以含蕴"事典"的文本,打造生动活脱而又不凡的"大湘西"意境。还穿插"随笔式"的思考,将一种广义的"人类学"完美呈现。

1939'闫台村

李俊功

一盏陈年的棉油灯投射着土墙壁上秘密的影子。

刚毅的面庞造型,在黑夜隆起。他们围着着,谈论自身的贫穷、劫难、坍塌、愤懑、厄运……一股股暗中的力量,使得他们对于奔赴的死亡,产生了一万倍的敬意。极力抑制痛苦的眼泪。内心燃烧的火焰炙烤。

此时,他们揭开了日月一幕幕伤疤。一群壮如钢铁的年青人,举高的拳头砸着黑夜的寂寥和压迫。他们,像一颗颗血性的子弹,已经上膛;随后,将随着无畏无惧的愤怒向前飞翔。

他们是集结在一起的刺刀和铁枪;他们是手拉着手同族同宗的异姓兄弟。他们宁愿是合抱在一起的挺拔墓碑。他们是此地早醒拔节的小麦,一旦听到春风的召唤,便呼唤着大地和天空,齐刷刷地站在了千疮百孔的故乡厚土上,于头顶插上刺刀般的锋芒。他们用名字垒筑的集体:通许县大队。

一群被这块土地记住名字的普通人,却是一群敢于用热血染红土地不再沉默的神:他们中或死或生,已经不再是完整的一群时,另外加入的一群,更大的一群,像火炬染遍了1939年的战场。

评鉴

何成钢

想象具有形象性、虚构性的特点,空间最为广阔,产生的创造力也最为巨大。诗人抓住"一盏陈年的棉油灯投射着土墙壁上的秘密影子",用夸张和想象的手法,把"一群壮如钢铁的年青人",在黑夜中谈论贫穷、劫难、坍塌、愤懑、厄运,激发起无所畏惧的愤怒向前飞翔,使得他们对于奔赴的死亡,产生了一万倍的敬意。这"秘密的影子"象征着"一股暗中的力量",一群"头顶插上刺刀般的锋芒"的集体——通许县大队。作家在一定的创作思想指导下,正是借助于艺术形象,突破直觉的狭窄范围,"笼天地于形内,挫万物于笔端";调动作者所体验的生活原型和表象,突破个人直接经验的局限,"补充事实的链条中不足的和还没有发现的环节"。尽管"他们中或死或生",但像火炬燃遍了1939年的战场。

春天那头,芳林嫂家

栾承舟

她在黑暗中,用心和生命,抱着一束光。

那是夜,月亮辉映着满天星斗;北风中,下着大如席的雪花。

此时,她,站在黎明中;心,比天上的星星,还要亮。

风箱,依然呱嗒呱嗒地响着。

水壶,依然哧哧地冒着热气。

她美丽的眉梢上,依然耸立着智慧与刚毅。

这茶炊,真好;

这个家,真好;

多少年了,芳林嫂,你始终微笑着的眼睛,在我的心中,依然像火。

有时,也像是一个长长的谜,总是让日寇、汉奸及所有敌对势力,始终找不到春天的踪迹……

评鉴

桂兴华

老题材,翻出了新意,而且层层推进。尤其是最后一句,很有力度,一下子丰富了作品的含义,体现了作者思想的深层次。一笔一划去描写人物外貌,不如提炼人物的精神高度。虚写,实际上更加显示功力。

会讲故事的石磙

雷黑子

他本是一只碾碾麦子大豆，平常的石磙。

和别的石磙一样，平时在角落睡觉。麦收或者秋后，被牲口搀扶着，在场里慢悠悠地转圈，散步，吱吱呀呀地唱着老歌。

1948年秋天，是的，当鲜血倏地溅满他的沧桑，让他原本铁石的心肠，再也无法继续沉默。

那是新中国成立的前夕，那个叫曙光的孩子，在那个血色黄昏，被活活摔死在他冰冷坚硬的怀里。

他老实巴交，在场角呆了一辈子；他逆来顺受，从不与人争强好胜，他一心只想做把坚硬的泥土，哪怕风吹日晒冰天雪地。而如今，让他再也无法冷清地过完余生。也许他身上的鲜血脑浆，不仅仅是曙光稚嫩的灵魂，还有他撕心裂肺的血脉偾张。也许幼小的曙光并不知道自己是谁。只知道自己整日跟着两位老人东躲西藏，再饿也没有偷拿过别人的一粒粮食。

小曙光不明白，为什么两位老人突然被人枪杀，而自己又被人掂在手里，丧心病狂地摔向石磙。小曙光只知道自己眼前一黑，被冰冷的石磙紧紧抱在怀里。也许无辜的小曙光,根本还不懂得思考这些。

但是被曙光灵魂附体的石碾知道,小曙光是革命夫妇丁林和闫兴礼的孩子,寄养在老乡家,被暗藏的敌人告密后惨遭毒手。

从此,怀抱着小曙光的老石碾,每逢麦收和秋后,依然吱吱呀呀,对身下的麦子和大豆讲述悲惨的故事。

他期望着,把小曙光的灵魂,能注入被他碾出来的每一粒麦子和大豆体内。

他期望着,被做成饭的麦子和大豆,把曙光融入人们的心里。

他期望着,被留作种子的麦子和大豆,让曙光长满新中国广袤无边的田野。

桂兴华

切入点抓得好,但是跳跃还不够,而散文诗的叙述特点就是跳跃。只有打碎固有的故事结构,诗意才能大踏步闯入。这是第一步。建议作者试试。请记住:你是在写诗,别忙着交代事情的前因后果。诗是统领者。还有:尽量绕开别人已经用惯的词汇。并且,慎用比较容易形成的排比句。

延安新歌谣（节选）
——献给陕甘革命根据地的创造者以及他们的后代

成 路

　　嗨,有那么一扇门在泥淖的某处等待着推开的手。

　　嗨,有那么一锭红在荒原的额眉蓄藏着引燃的火。

　　山岗上的积雪已经不再瓷白,在慢慢地变成藏青。

　　阳坡上孤独的蜡梅顶破寒风,枝条半是黄半是紫。

　　桨板上的豁口在喊：结冰的黄河泛着亮色,未来的激流潜在河面下边。

　　盛满清水的碗在喊：十冬腊月子时冻结实,碗里的冰北边高北方丰收。

　　艄公听着吃饭的家什在吵吵,他对暗夜说,结束了,又开始了,都在创造着故事。

　　忽听急促的马蹄停下来,马背上的人儿弯腰送

我鞋和钱;

　　鞋子是一双钱嘛就四块,掏出藏在琴鼓里的火柴3盒半;
　　瞎子虽穷呀礼数可要有,这点点轻薄的回赠谢过大恩情。

　　马蹄腾空浪滚浪,我呀,记住你的声音想象你的人样子;
　　山野广袤在等谁,你呀,身旁的人儿喊的是游击队队长。

　　瞎子我按住热莽的心儿,手卷喇叭说天下的灵魂;
　　善良的人儿长久地沉默,给祸害的恶搭了把梯子。
　　队长你拿火柴点燃火把,烧焦死寂的天空映红光;
　　瞎子背上传单走村过镇,拨动琴弦讨要穷命的价。

　　　　说书匠的声音就是一根大粗绳,绳头子牵在游击队长的手掌上,拉响了旧时代湮灭的警铃铃。
　　　　嗨,嗨——说书匠手卷的喇叭响声宏大,带着游击队长的灵魂,说人儿:"我原来把你当成个朽木墩墩,谁知道你是埋在财东家土里的金钟钟,现在解放出来,让你这金钟钟升在空中,有光有亮有声有响。"
　　　　嗨,嗨——说书匠过了冬天接春天,几年后的7月15日,坐在杨家岭的大礼堂把这段书说给领袖听,引出他们的热眼泪。

红雪莲浸润过的雪融水,奔腾在早春的黄河里;

逆水搬船吼唱齐力曲子,混响在游击队号令里。

听——远处传来耳语——遮盖过船夫曲,遮盖过歌声——

艄公摇桨,过缓滩、过急滩、过险滩、过鬼门滩,补上塌陷的苍穹,擦干黄河的泪水,掏出铃铛在风中,代替灵魂的口舌:叮铃铃,叮铃铃——

火镰打火,引燃艾蒿的嫩叶子;

青年引歌,拍响穷人的心门口。

和声唱起——青年游击队长两眉间,流过大河大江水弯下几座山;

眉毛好似两片黑森林,掩护的眼睛就是两座深龙潭;

龙潭水深恰如脑海洋,破天胆乘艨艟把赤旗展天下。

姑娘和声——青年游击队长两道眉,像大雁的翅膀翱翔在天空;

眉宇间有松风和水月,我在你眉中去砍柴去划船;

北斗七星闪烁在夜空,唱你的歌子来势大如海潮。

众声起——

青年游击队长的眼眉毛,在河山的碎片之间搭起一座桥。这桥啊,遥远、浴血,在三邻四舍的饭碗能盛满之前,遥远、浴血。

流云里驻扎的太阳,是万物的情人;

捂暖寒窑窗口的手,是饥饿的伙伴。

这手,在陕甘瘠薄的地面上,收拾时间里的污垢和邪恶;

这手,聚拢石头垒在峁梁上,照看着茫茫黑夜里的行旅。

这手,拍了一拍,掌声贴着大地走进了千万扇门,与他——他们——我们,点燃一堆堆篝火——烈马驮着的焰火。

这手,拍了几拍,寻饭吃的男子放下军阀的饷,财东的银,啸聚山林的窝,与他——他们——我们的游击英雄牺牲、洒血、丢下肢体,然后朝向葵花的金黄微笑。

游击队长拿起紫蔷薇编织模具,引导恐惧的记忆穿过窄门;

善良斗争大邪恶修造了三孔窑,如此为民国衙门升起丧钟。

谁是敲钟人,谁?

三弦琴疾风骤雨,两条粗壮的臂膀拥簇着大路上奔跑的人群(战士),他——他们——我们攥着敲钟槌。

沸腾,如刮起飓风的海。

黄河的浪涛滚过船,艄公骄傲的号子从一个人的肩膀上飘移到众多人的肩膀上。

肩膀在大野上扛山,火烧的爆发力在日月里持续溢出使陈旧的地壳碎裂成砾片。

肩膀背负着壮纤绳,跋涉着,向着一颗新太阳。

  暖阳跳出地平线,山峰和燃烧的蓝向纵深扩大,舞台在扩大。

  帷幕后传出一二的旁白:我的眼睛在黄河岸上看见了"为穷人利益服务方面达到了独一无二的记录"——

土鼓在舒缓地敲响了,一槌,一槌……

尘芥里的人儿站起来,踩碎了侵蚀皮肤骨髓头脑的鬼命符。

鼓声疾驰地追着鼓声,急呼呼……

地契卖儿卖女生死契,惨白结冰的血泪在火盆里化成灰烬。

鼓声里女子扯开嗓子,喊东山喊西山……

结茧的手掌捂着青苗,种庄稼不再交租子的土地——我的土地。

鼓声唢呐声三弦琴声,和着人声……

世事颠倒颠了颠倒颠,人儿举着旗帜湮灭了财东家的牌位子。从此,你的生活你主宰,我的家舍我管着。

艄公和书匠,看着熊熊绿色烈焰,说:旧时光在废纸上的标注被骨灰和尘埃覆盖,黄河里的鲤鱼已经跃过门额,创造着新的生活——如同游击英雄,一支枪、一颗心、一面旗创造着前进的路线——巨大的锦缎,有百花的温煦飘落天下,明蓝悠远……

三弦琴,一把、两把、三把,在村镇间呼应弹奏,琴音如游击队的脚步,如黄河的浪峰……一弦琴音一张嘴,众人嘴上挂着游击队;

纵横跃进千余里,拔寨破城隆起厚脊梁。

燧石引火,草芯点燃了灯盏灶膛及节庆的炭塔;

理想播种,曙光照看着笑声在歌舞的广场燃烧。

是呀,人儿守卫着苏维埃耕种着红军田在欢笑;
是呀,女子参加着扫盲队,编织着干粮袋在欢笑。
笑得葱茏,这笑从战士的身子替代旗杆的喋血里缓慢地来;
笑得妩媚,这笑从太阳的泪水滴落在大地手背上稳稳地来。
笑,有理由地笑,这世界开始如此的壮美。就是这样。

石磙歌起——
　　一双手,两双手,三双手,大家的手,拔净、拔净,拔净亿万贫困堡垒。
众声和起——
　　愚公移了山,人民摘了贫困帽,新时代,新振兴,殷实获得幸福唱凯歌。

正午,帷幕隐退,大地本真。书匠收起三弦琴,以沧桑的口齿清晰地诵出——
　　艄公呀,鹰隼呀,迎接新年的暖阳是滚烫的,陕甘大地的眼泪是滚烫的。
　　艄公呀,鹰隼呀,世纪的灵魂绵延在人儿心,游击队长的额头塑起穹窿。
　　艄公呀,鹰隼呀,这儿的春天习惯刮西北风,夹裹的血色尘埃肥沃祖国……

评鉴

桂兴华

如何将散文诗引入剧本写作,这个陕北说唱的脚本是一个范例。

结构中,一旦有了散文诗的板块,节奏就丰富起来,抒情性也就加强了。

作者的构思调动了诗的意象,结构又采用了散文诗的形式,这些策略都很不错。内容很饱满。

一个根据地的故事,一场战争的叙述,散文诗为长期生活在陕甘地区的他,提供了收放自如的方便。更何况他的语言这么鲜活。对付比较复杂的框架,散文诗在其中往往能够别开生面。

老百姓是天

叶延滨

别和老天过不去,老天过了今天还有明天,而你永远只有今天。

别和百姓过不去,百姓这次也许输了,下次也许服软了,但百姓永远是百姓,而你只要认为自己不再是百姓,你的日子也就快到头了。

上有青天,心有百姓,你就算不和自己过不去了。

仰头望天,想宇宙想世界,你就知道,自己只是一粒微尘;脚踏实地,看到一只蚂蚁,停留一秒钟让它爬过去,你就有造物主一样的胸怀。

评鉴

桂兴华

信手拈来,十分自然。这篇杂感,语言精练,形象十分突出,可纳入散文诗。这种写法,好像不多见。物以稀为贵。你看最后一句:"看到一只蚂蚁,停留一秒钟让它爬过去,你就有造物主一样的胸怀。"出奇制胜,令人难忘。一个好诗人,对社会、对人生,决不会停下他思索的脚步。

写在手机上的杂感（四章）

刘川

空屋里的钟

被遗忘或不允许提及的历史并未消失，它像空屋里的钟：

人不在场，它仍在运行。当人想起来并重新看见它，它仍有准确提示时间的作用。

作家生出他的出生地

作家的出生地，有一部分被他自己生出。

作家不仅描述故乡，还帮它成型：他以意象突出故乡的形象，影响公众对该地之印象，使带有该人作品风格标识之乡土得以建立。

好作家，是在地图之外为故乡画出疆域的人。

教训的长度

从井口掉进井底乃一个弯弯曲曲的过程：

要把自己之前从井外粗心走过的所有的路,都算进从井口到井底的距离。

地图迷宫

地图,乃一个迷宫。

抽出里面构成边境与区划的线条,这个迷宫就消失了;

而放入这样弯弯曲曲、扭来扭去的线条,没人能走出这个迷宫。

这样的线条,正与阿里阿德涅交给忒修斯的线条作用相反,它迷惑人。

桂兴华

刘川的散文诗与众不同,以尖锐的思想取胜。好在他的形象思维处于强势。他拔出的这把思想之剑,常常使我们眼前恍然一亮。

只记得奔腾（二章）

刘慧娟

红军足迹

仍然用冬暖夏凉的情怀。等待——

等待那些熟悉的脸庞和笑容。等待扛着枪又拿锄头的熟悉身影。

期盼的眼神，在长出一茬茬的高粱之后，一层比一层锦绣。

延河的水，涨了退，退了又涨，那些人，在开垦荒地之后，就远走高飞了。一去没有再回。只留下这些窑洞，成为深深的惦记。

因为等得太久。树，结满希望。花儿，盛开思想。

光辉，清晰地刻在每块石头上，深深地印在泥土里。

无论深浅高低，每一步都深深地踩进了历史深处。笔直或弯曲，都要越过悬崖。

这些足迹，是留在延安日月墙上的壁画，将每个细节留住。

篱笆挂住的衣袖,至今还弥漫着汗香。

该有轻车熟路的步履啊!该记归来的时辰啊!窑洞,一如盼儿的娘,日思夜想,昼夜张望。

千丝万缕的牵挂,萦绕不去。今天,无论回眸或前望,都可以看见,那些足迹已经高出群山,成为火红箴言。

窑洞老了,似乎也还年轻,因为有那段传奇,窑洞的喜悦,有了更为深刻的精彩。

夕阳似乎了却一桩心事,平静携晚霞进入画面。

只是,谁还能平静?

潇琴*

全篇令我耳目一新,可谓是她创作上的一种突破。作者独具匠心,选取足迹作为散文诗总体意象,先是以冷静的笔调引申并

---

* 潇琴,作家。

诠释了足迹的内涵,而后层层递进、意象迭出、环环紧扣,从不同的角度充满具象地表达,在独特的语言里演绎哲理,抒发了对红军的缅怀、对党的崇敬与热爱,以及对祖国未来的热切展望。文笔张弛有度、深刻而又淋漓尽致,让激情如泉涌自然而出。如:"笔直或弯曲,都要越过悬崖。这些足迹,是留在延安日月墙上的壁画,将每个细节留住。"文字富有张力,给人品味的余地,且高度概括、凝练。又如:"窑洞老了,似乎也还年轻,因为有那段传奇,窑洞的喜悦,有了更为深刻的精彩。"充满了哲思。《红军足迹》是一章具有思想性和较高艺术品位的散文诗。

撷取春风的马

尘世安静,万物都在侧耳聆听。

那由远而近的"哒哒"的马蹄声,拉开一场序幕。

我与你几乎同时登台,在一场风雨里入戏。最后,是那匹马识破了真相,将剧情浓缩成一颗红豆。

它的确是一匹骏马,在驮回黄昏之后,又追赶黎明。青春不是它的妄想,它在编织自己的梦。人格,镶入灵魂。血性,融进肢体。

它的行踪,不是证明山川不老,不为验证时光的年龄。那飞奔于思想或现实征途上的龙马,依赖同一种精神,互为伴侣,互为抚慰。

神魂相遇于青春田畴,信念长成大树。躺下,为了塔桥。站立,为了传递。

那匹马日夜奔腾,最终是为完成爱的输送。

有人在等待那匹好马,等得江山隽永,泪洒征途。

好马,永远在路上,须发飘飘,不染血腥。只将青春引爆,直取自由。

烈日当空,它是流动的清风,一丝一丝吹散悲怆,保持大地的晶体光泽,保持魂断蓝桥的初衷。

它秘而不宣的诺言,交给清风收藏,只有在忧伤的时候,才会举头望一望明月。"送你一匹马",不是一剂望梅止渴的良药,一旦与马为朋,便形影成龙。

彩虹,是马脱缰的绳索,将幸福跑满大地。

马作为尘世失落的信物,它又自我寻找信物。超越,脱俗,是上帝念念不忘的心结。

陶罐和花朵,宝剑和玉帛,都被骏马铸造为文化青石,谱成铁血音符。

那匹飞奔的骏马,将生存的价值和爱,演绎为永恒。

那匹骏马一直在征途踢踏,能让它收拢四蹄的,只有那一串灵魂密码。

它在梦里梦外深沉地徘徊,翻遍了叱咤中的宁静,平凡中的神圣。最后,那匹马撷取了警句,竟然是一股春风。

波浪翻卷的活力,从心灵空间,向天地空间辐射。在悠扬的箫声中,百废俱兴。三叶草追逐蝴蝶,三角梅清点记忆,窗前的甜言蜜语,已经被蜜蜂收藏。

那匹马头顶明月,迎着青春的卷涛,身披奔腾的欢欣,上路。

它知道前面或者身后都已是情满山河,走也是爱,归也是爱。

在日益蓬勃的春之信念里,天下有了寄托。

它从不忧伤,只记得奔腾。

评鉴

陈志泽[*]

这是属于想象型的散文诗,作者刘慧娟想象力非凡。"尘世安静,万物都在侧耳聆听。那由远及近的'哒哒'的马蹄声,拉开一场序幕。"作品以一个精心设计的场景开头,接着在多方位、多

---

[*] 陈志泽,评论家、作家。

角度的想象中,一匹血性的马、善解人意的马——或者说智者、仁者的化身——抑或就是"我"心中的白马王子被塑造成功。作品中精彩而到位的想象俯拾皆是。第二部分"烈日当空,它是流动的清风,一丝一丝吹散悲怆,保持大地的晶体光泽,保持魂断蓝桥的初衷",以及后面的一段,集中描绘马,神形兼备地把马写得活灵活现。作者似乎不满足于此而自然糅入抒情性、象征性很强的议论。"是那匹马识破了真相,将剧情浓缩成一颗红豆""它的行踪,不是证明山川不老,不为验证时光的年龄。那飞奔于思想或现实征途上的龙马,依赖同一种精神,互为伴侣,互为抚慰""那匹飞奔的骏马,将生存的价值和爱,演绎为永恒",等等,在一系列想象中点明了题旨。据此,我以为作品是爱的赞歌,人性美的赞歌。

赤水河

杨启刚

百年之后,山河无恙。

历史的扉页上,一个团队,抒写着一个国家新生的篇章。

还有这条河流,永远流淌着鲜血的颜色。

今天,当我再次伫立于红军渡口,重新寻找他们前行的足迹,只有这条红色的河流,仍然在默默地诉说着那些寒冷的季节里,一支队伍的前仆后继。

1935年1月19日至3月22日,这场历时两个多月的运动战,用一支如椽大笔,在川黔滇三省交界的赤水河流域,浓墨重彩地写下了华美的篇章。让两岸挺拔的楠竹林,也见证了红军战士的骁勇。

遵义会议之后的光芒,让中央红军在长征途中,把每一处黑暗,都变成了光明。

几十万重兵的围追堵截,也抵挡不了他们勇往直前的步伐。

纵横驰骋于山川河流,巧妙地穿插于重兵的围剿之间,不断创造战机,有效地调动和歼灭敌人,彻底粉碎了企图围歼红军于川黔滇边境的狂妄计划,红军取得了具有决定意义的胜利。

那些缴获的星辰,成为八角帽上最为耀眼的亮色。

在运动中大量歼灭敌人,牢牢地掌握战场的主动权,取得了红军长征史上以少胜多,变被动为主动的光辉战例。歼敌3万余人,俘敌3 600余人。

从此的赤水河,开始披上红色的盛装,不再惧怕那些张牙舞爪的惊涛骇浪。愈战愈勇的军旗,在3月的早春里,唤醒了一条沉睡已久的江流。

任俊国*

四渡赤水,是长征路上的重要篇章。一条河如果没有准备,

---

* 任俊国,诗人。

用尽它全部的力量也可能承载不了这一伟大壮举,但赤水河一直"赤诚"准备着,注定它能承载和见证这一历史奇迹。诗人以自己的笔触与赤水的波涛一起重温了这一奇迹,赤水蜿蜒是大地的艺术,四渡赤水是军事指挥的艺术,"在3月的早春里,唤醒了一条沉睡已久的江流"是诗的艺术。

从『苕国』走来的开国英雄

唐成茂

　　从被称为"苕国"的四川省西充县走出来的上将何以祥,获得一级独立自由勋章。

　　您生长在苕国,田野为您镀上苕一样的金黄。

　　您来自草根,站得比苕更低一些。

　　苕花怒放时,您扬起锄头,一锄锄挖开烟熏火燎的日头,没挖出明亮的日子。苕藤把村庄的恩怨缠绕,如绳索捆绑了父母亲。

　　土地革命让您的苕叶返青。您手里攥着几条大红苕、一把锄头和多发子弹。川军出川,一路上响着您的杀声。您用锄头和子弹解释了中国的英雄主义。

　　您和贺老总的菜刀,成为红军的"传家宝"。您粗壮如苕的手,把夜的口子拉得更大一些,把敌人的"黑夜病"和罪恶展示得更加清楚。

　　您吃的是红苕,燃烧的是火。您身受重伤,春夏秋冬都是给您治伤的白衣天使。撒在伤口上的不是药,是太行山上的鱼水情深,是能战方能止战、越能打越不挨打的战争法则。

您和更多的战斗英雄,为新中国从灰烬中请来了复苏和繁荣。

　　也为自己的一双金翅膀,请来了坚实和飞翔。

　　因为您,为人民请来了真正的春天。

任俊国

　　英雄从来不是神话。即便在希腊神话中,英雄安泰所有的力量都来自大地之母。我们民族从来不缺少英雄,我们的英雄从来都食人间烟火。诗人描写了一位从大地走出来的开国英雄,如生育他的"莒国"、养育他的红苕一样,朴实而坚韧不拔,坚强而矢志不渝,与战友们一起为新中国的建立立下汗马功劳。

黄河边，有一尊毛泽东塑像（外一章）

王幅明

郑州商都遗址公园，有一尊毛泽东塑像。

塑像很高，近看需要仰望。毛泽东衣着军大衣，招首手，目视远方。

塑像的基座上每天都有鲜花摆放。每年9月9日、12月26日，总有市民自发前来献花，寄托哀思。

常常在遗址公园漫步，从毛泽东塑像边经过：如果必须在已有3 600年的遗址公园放一尊塑像，应该是……？

历史，选择了毛泽东。

他凝视着这座城市，也凝视着中国的过去、现在和未来。

1948年10月22日，新华社发出由毛泽东亲手拟定的电稿，第一时间传递出郑州解放的消息。在万众欢腾之中，一首《郑州解放之歌》迅速在小城流传："十月二十二，伟大的一天，哗啦啦砸开铁锁链，咱们的郑州解放了……"青年学子天天唱着这首歌走上街头。

毛泽东20多次视察河南,许多次来到郑州,两次在郑州主持重要的中央会议。

1950年,毛泽东在郑州火车站说,一定要把郑州站建成远东最大的火车站。

1952年10月,毛泽东来到郑州黄河南岸,登上荒芜的邙山小顶山视察,坐观大河东流,"要把黄河的事情办好",从此成为灯塔。2001年,黄河小浪底水利工程建成,黄河下游的防洪标准提高到千年一遇。

60多年过去了,昔日桀骜不驯的黄河,岁岁安澜。这里的黄河水成为郑州市民多年的生命线。毛泽东当年视察邙山的巨大坐姿铜像,成为黄河风景区一个标志性景观。

商都遗址公园以东,有一个名叫燕庄的村落。1960年,毛泽东来到燕庄视察。而今,广场上,有一座毛泽东当年视察燕庄麦田的纪念亭。

飞速发展的郑州掩埋了许多故事,却保留了这一珍贵的历史瞬间。

郑州,70年前由一个小县城,摇身一变为省会、纺织城、二七名城、绿城、全国交通枢纽、八大古都、国家级航空港经济实验区、全国一线城市、人口逼近千万的超大都市……

这一切,毛泽东全看在眼里。

从毛泽东塑像边经过,目睹市民们自发前来献花。

让亿万劳动者成为国家主人,3 600年间,有谁,可曾做到?

在狂风暴雨中目睹毛泽东塑像,他,更像一面民族的旗帜。

暗 处

只有身在暗处,才能看清强光下的事物。

可观察过人类的朋友猫咪?猫在捕捉老鼠前,常常隐身暗处。

有人抱怨暗处生活,以为会埋没自己。他们也许不知,周文王正是在监狱羑里城,推演出传世的《周易》;老子隐居函谷关,写出了普世教科书《道德经》;陈景润在6平方米的斗室,完成数学难题"哥德巴赫猜想"。

有人喜欢在聚光灯下频频亮相。才华被放大,缺点也被放大了。一件丑事在无名者身上,也许是小事一桩;因为是公众人物,便瞬间变成公敌。

更多的人满足于平静的暗处生涯。其乐融融。身在暗处,心态却阳光明媚。

一场狂风过后,高大的树木被折断腰身,甚至连根拔起;暗处的那些弱者,包括微不足道的小草,全都神奇地存活。

评鉴

桂兴华

怎么将文字精练、优美的、跳跃性很强的散文诗,引入旅游景点的解说词,此文是范例。

感情是基础,提炼见真功。脉络很清晰。

另一短章:挖出了"暗处"这一点,功夫太不简单!也许与作者的阅历、经历有关;并且揭示真理:只有身在暗处,才能看清强光下的事物。作者对身在暗处的各种表现,刻画得多么深刻。

想找正能量的佳作吗?此文,完全可以作为代表。

春天的消息

徐 泽

这是今年的第一场雪,比去年的那场雪要来得稍晚一些。

现在我就站在大地的庭院中,让那些莹洁的雪花自由飘落在身上。

在新年,我要学会泥土深沉的爱,用一颗纯净种子包裹我的内心。

当然我还要学会奔腾,让鲜红的血液找到灵魂的出口。

在每一粒种子说话之前,我必须坚守格言,保持高度沉默,像火焰在升高,我怕黑风再次吹弯白杨树的影子……

如果是在无风的夜晚,星月在冬日的河岸上跌进深深的芦苇,还有谁会披着纱巾与我同行,谁还会裹紧风雪中单薄的布衣?

所有的伤痛和说不出的忧伤,都会埋在雪中,我默默祝福:

所有欲望的种子都生根开花,所有的泪水都有爱的回报。

今夜没有火光,我也会抱着诗歌,在空行的田垄里取暖。雪还在下,炉火正旺,我从一封旧信中预知春天的消息。

桂兴华

独特:首先在于不一般的感受与表达。怎么等待春天的消息?作者将场景选择在雪夜,非常贴切。也有可能,作者在描述雪夜的过程中,逐步提炼出了取暖的目的,很有感染力。于是,作者笔下的文字十分自然地带着他的体温,满怀着对春天的热盼,触动了我们的神经。

红船再出发

潘志远

深深地记得,这个地址,这个号码。

在这里,7月才拉开帷幕。嘉兴南湖一顷泱泱烟波,波涛暗涌……

启航,从如磐的黑夜出发。船不大,但前途无量,每一次曲折,只能让它调整航道。帆升得更高,桨划得更加坚定和铿锵!

一个又一个渡口,改革凭借力。工业的桨,农业的桨,商贸的桨,每一支都必须得劲;政治的桨,文化的桨,军事的桨,科技的桨,每一支桨都不能少,都不能软。红船驶入改革深水区,风云际会。不能让嫦娥奔月停滞于荒诞的传说,不能让飞天梦定格于敦煌壁画。五星红旗应该成为,也必将成为太空最绚丽的色彩!天问之旅,又在我们的指尖上翻开直指火星……

风帆正悬,航道正阔,让我们开足马力!号子喊起来,纤绳背起来!红船到达现代化强国码头的那一刻:华夏之幸,炎黄子孙之幸!让我们一起划桨,撸起袖子,流汗、流泪、流血,无悔无怨!

评鉴

桂兴华

别人已经炒熟的菜,就不要再炒了。你完全可以拿出你自己的菜单!

原作比较长,我删去了别人已经写了无数遍的经历,留下了作者有所开拓的语言与诗意。掀掉了身上厚厚的土,这串金子马上就冒出来了。真好像一部政论片的解说词。有些想象,高度非凡。

军营关键词（四章）

堆雪

起床号

大山的那一边，起床号是一只缓缓爬升的大鸟。

它有着金色的羽毛，朝霞般蓬勃的翅翼。以一颗信号弹或照明弹划出的扇面，定格于军营上空。

在薄霜或厚雪的覆盖下，排列整齐的营房，就像被晨曦渐渐揭开巨大谜底的梦。

随着一声声尖利的哨声，于半空翻身下床的官兵，一个个穿衣戴帽，弯腰系牢鞋带，立身扎紧腰带，奔跑着来到连门口列队。几乎是瞬间，几乎是瞬间过后所有角落或空地上的沸腾。空阔的操场、笔直的干道，向右看齐、向前跟进的脚步和身影，很快由纷乱趋于齐整。最后，出奇地变成一个步调。在一声悠长的军号后，万物也随之凛然，顺着整齐划一的隆隆步伐，依次生长拔节。

山，还只是轮廓，但树冠已然清晰。晨风里，包含着这个世界所有的清爽和干洁。黑暗,被一层层捅破,前倾的躯体之上,是雪光闪耀的额角。

"一、二、三、四——"号子,不是一个人所能发出的,它的高度和厚度,就像用一把枪刺,重新打开一天的历史。在军营每一个页码的深处翻阅,生活的秩序,随时会被一把金属的号角和带血的脚印改写。

无法看清他们年轻而充满力量的脸庞,在清晨朦胧的色调中,他们动地而来、破晓远去的背影,并不代表个人。

但你一定会,记住那一道划过黎明的光影。大山的那边,它让一排排规矩的营房和挺拔的白杨率先苏醒,并携枪而立。

腰　带

列队前,我们把皮带重新整理、扎紧,把两道多余出来的衣服皱褶,捋向腰间。

出操、队列训练、操课或者是演习前,每个人都要先扎上腰带。

腰带,把一个人扎紧,显出自信和勇敢。

不扎腰带,整个人,怎么看都像是松散的,像刚收割倒地的麦子。扎上腰带,人的心头,也随之一紧。心头一紧,身体的肌肉和骨骼也跟着紧了。身体一紧,做什么都能跟上节拍了,就像是一首诗押到了韵脚上,平平仄仄地奔跑起来。

我确信,有一股气是被扎在腰间的。腰带,使一名军人的脊梁,始终坚挺。扎起腰带,你就会对面前的一切全神贯注。平日里怎么也使不出的劲,就会自柔韧的腰杆源源不断地发出。

腰带同样也能约束我们。它像一把没有刻度的皮尺,每扎一次,就丈量一次我们的腰围。它让一名士兵警惕,变化着的体型,投影在整个战术体系之中。

关键时刻,腰带还能从腰间解下来,成为近身防卫和扩大战果的利器。它上下翻飞,闪转腾挪,就像一条吐着芯子的飞蛇,令对手无可奈何。

节假日,或者业余时间,腰带从士兵的身体上解下来,安静地折叠在被子的一侧。军被方方正正,一顶军帽轻轻压在它的上沿。

此时的腰带,显得格外安静。在被子的侧面,像是秋天荒野的蛇蜕。只有它金属的扣环,与被子上军帽的军徽,交相辉映。

如今,我不再扎腰带疾行,但还会时不时把双手捋向腰间。这使我想起腰带教给我的一句生活哲语:形散,而神不散。

陆战靴

像一棵树穿起一片草原,一只船穿起一条河流,一颗星辰穿起一片苍穹。

世界,也因为穿上了一双陆战靴而雄壮威武起来。

穿起这双高腰厚底硬头的长筒皮靴,我就感到参天大树还在长高,日月山川还在匍匐,心血浪潮还在汹涌澎湃。

大地有了沙盘一样高低起伏的节奏,天空有了脊背一样弯曲的立柱和银幕。地平线上,大步流星的战神已经跨过黎明与黄昏,天际有了他粗重而空阔的喘息。

血往下沉,气往上顶。谁不曾在自己的苍穹里顶天立地。高地被拿下,数字被编码。历史的海拔,完全能够被岁月的车轮重新抬升。千帆竞发,每一支逆流而上的号子,最终都是被时间陈列的旗帜。

蹬上它,穿起它,就能够与五岳耸峙,把坎坷踏平。在荣誉的召唤中,踩过自己隆起的脊背。

这就是,一名战士想象中的陆战靴。穿上它,就等于穿上了这个世界的黑色风衣。就等于,把昆仑山和太平洋同时摁在脚下。当战士把一双崭新陆战靴的鞋带勒紧,当他鹰一样的目光,从一双陡峭的黑色战靴上离开,瞩目远方,他已经拥有了为一种特殊信仰赴死的决心。

从一幅油画的细节出发,我仰视一双灌满烽烟与雨雪的长筒靴。因为其极度的审美和陡峭的精神存在,身处和平语境里的人们,已不敢直视它拔脚抬腿时留在地上的烟尘和伤痕。

但,一名士兵不会,包括那双被他磨穿了靴帮踩穿了鞋底的陆战靴。留存于他身上的每一片铠甲、每一叶鳞片,都让他成为铿然作声的英雄。

一双鞋替你走过的每一座山每一条河,都有你用短刀刻下的代码和姓名。

俯卧撑

从一开始只需撑住自己,到最后要撑住整个地球。

与地球击掌,表示我与大地的战友关系。双脚的脚尖,同时问候每天走过的操场。

大地,总是如此安详宁静,无论你做出怎样的努力,它都对你一视同仁。这也是它的博大与可气之处。

当发令员一声"开始",四肢撑地与大地保持平行的士兵们,就开始反复与地面亲近。

大地不是爱人,但总有比爱人更持久的引力和磁性。它的平静与定力,让每一个想证明自己勇武无比的士兵感到窒息,直至瘫倒如泥。

从主动的贴近,到被动的远离,每一次力与美的抒情,都在考验你的腹肌与臂力。

从头晕眼花,到汗滴如雨。从身轻如燕,到四肢僵硬。

当双臂逐渐难以支撑,你会感到:整个地球的重量,正以最慢最残酷却最有冲击力的方式,坠向你。

你甚至在想:下一秒的自己,会不会与身下的地球,同归于尽。

作为士兵,你注定在一条路的两端。一旦出发,便直奔终点,永远不会在半途徘徊。

就像俯卧撑,即便是近在咫尺的运动,也要做出远在天涯的努力。

评鉴

费金林

堆雪的散文诗充满军人的英武、刚毅和大西北的浩气,这与他作为军旅诗人和出生于西北不无关系。《军营关键词》(四章)不写枪炮、不写行军,更不是写激战,但读《起床号》,军旅生活的节奏和气氛跃然纸上。"在一声悠长的军号后,万物也随之凛然,顺着整齐划一的隆隆步伐,依次生长拔节。"堆雪有高超的运用写实和想象相结合的能力,写《腰带》"有一股气是被扎在腰间的。腰带,使一名军人的脊梁,始终坚挺"。又写腰带"就像一条吐着芯子的飞蛇",令人神往。诗人也善于把真实的感受浪漫化。《陆战靴》是这样写的,"蹬上它,穿起它,就能够与五岳耸峙,把坎坷踏平。在荣誉的召唤中,踩过自己隆起的脊背"。诗人夸张的手法也十分到位,《俯卧撑》写道:"从一开始只需撑住自己,到最后要撑住整个地球。"我以为,传递真实,富于想象,适度夸张,这是诗可以传播远方的最重要的能量。堆雪就富有这种能量。请看,"从主动的贴近,到被动的远离,每一次力与美的抒情,都在考验你的腹肌与臂力"。据他的战友,同是军旅诗人的枫淞介绍,堆雪生于甘肃榆中,当兵在新疆,30多年,让他吸尽了大西北的光华、吸尽了天山的灵气,长成自己诗歌骨头里的永恒元素。使他举笔落墨间,透出一股子灵气、一股子刚气、一股子豪气。而这种诗风,又颇有李白之洒脱、杜甫之厚重、苏轼之豪放、弃疾之壮阔,这也是他和他的散文诗特有的个性和风格。

中国魂

苏扬

一条船,荡漾。

一群汉字,划桨。

朝气蓬勃的团队,带有盐味的姓名,串串珍珠,粒粒闪光。

灵魂很轻,仅仅一滴墨水的重量。

船儿很重,载着整个大地的梦想。

该克服多少艰难,才能使船儿乘风破浪?

该付出多少努力,才能让梦想插上翅膀?

没有犹豫,也没有畏惧。只有一桨接着一桨,一浪翻过一浪。

本来就没有一条航线畅通无阻。

身临险境了,才知道海里潜藏着许多墓碑与敌手,潜藏着数不清的礁石和风暴。

它们有的是牺牲者,有的是嫉妒者,有的是灾难制造者。

这避免不了的现象,已成大海的暗疾。

浪花在扑击中碎裂,浪花总会在碎裂中涅槃。
太阳每天被黑暗吞没,太阳每天依然跃出海面。
所以,胸有远方的舵手从不悲哀,他们把这些暗疾当成磨练意志、煅烧灵魂的武器。

他们不强大,但他们努力不落后。
他们不富裕,但他们努力做到最优秀。
他们甘苦自知,无论流汗还是流血,都坚持用汉字濯洗伤口。

我曾与他们一起洄游,寻找生命的初始,那不被污染、不沾世俗的风景。
许多天过去了,我还在海上漂流。船,还在为我护航。

梦兮,魂兮。
魂兮,梦兮。
多少年后,我们也许还是朝圣者。
岸上的人可以不见暮色溶血,但一定能见到汉字里的中国魂。

评鉴

崔国发[*]

苏扬是当下散文诗作家群中一位活跃的女诗人,但她的散文诗却无纤弱之风与矫柔之气,而是在行云流水般的文字中触及灵魂、悟理问道、融入丰富的思想内涵,给读者带来深切的审美领悟与人生思考。她的散文诗内质具有硬朗而宏阔的气象、生活的质感,在历史、现实与文学的时空中充盈着隽永的诗意与心灵的神色。

《中国魂》是一篇精彩的华章。诗人从心灵、情感、文化、审美的角度赋予"中国魂"以诗意与灵光,化理性的抽象为生动可感的形象,于一条船的荡漾中乘风破浪,去感应心性,编织着串串智慧的珍珠;于一群汉字的划桨中插上梦想的翅膀,书写人生中那粒粒闪光的思想。"灵魂很轻,仅仅一滴墨水的重量/船儿很重,载着整个大地的梦想",诗人在"轻"与"重"的度量衡中,去感悟文

---

[*] 崔国发,评论家、作家。

字、大地、梦想与灵魂的重量。也许人生的大海中还潜藏着数不清的"礁石和风暴",还有在扑击中碎裂的浪花、在黑暗中被吞没的阳光,但人们的内心足够强大,文字足够有力,"胸有远方的舵手从不悲哀,他们把这些暗疾当成磨练意志、煅烧灵魂的武器",历经磨难而不屈的精神品格跃然纸上,铿锵有力,掷地有声,散文诗便有了坚定的信念、顽强的意志与坚忍不拔的思想品质。"多少年后,我们也许还是朝圣者/岸上的人可以不见暮色溶血,但一定能见到汉字里的中国魂。"读了《中国魂》杂志上的作品,联想到自己灵魂的"朝圣",诗人找到了心灵的方向感,以汉字聚魂,以诗歌立心,在理想的岸畔上参悟中国的魂魄与生命的价值。

赶考路上（二章）

桂兴华

浦东开发办公室的一把旧椅子

1990年5月3日，浦东大道141号，"浦东开发办公室"挂牌。办公楼下层阴暗、潮湿，被一块门板挡住。时任上海市市长朱镕基说："不要挡住，要让人看一看，浦东开发是在什么样的基础上开始的。"

这把传达室里被一根麻绳绷紧的旧椅子：
撂在路边，也许没有人捡起。
有些人，习惯于审椅子。
从来没有想过这把银杏树下的椅子，也会审自己。

今天的事，很多、很多年前的事都被你默默见证。
谁害怕你见证，谁就会坐不稳！

你听过许多商行的脚步,见过无数大师流下的汗滴。

艰辛来坐过,漂亮来坐过。

坐过的笑,换了一茬又一茬,才有了如今这么多把交椅。

此刻,你坐在爷爷的皱纹里。

与身后的书报架一起,向推销各种椅子的商厦,传达着一种姿势。

总觉得你还披着那件军大衣。

那是一位老帅留下的。每一天都像面临大战。

坐下来,就为了身后的许许多多高耸入云的崛起。

简易,往往深刻。只怕仅仅摆出一副虚假。

你作为私欲的反义词,已经在各种兜售前面坐稳了。

你这个制高点,并不属于哪一家公司!

不知道哪一天,你被搬到陈列馆里去了。

各种皮椅、自动按摩仪上的惬意、舒适,还会再被坐一坐吗?……

评鉴

陈东[*]

兴华的作品都是有感而发。他关注浦东的开发开放、整个中国的改革开放。他长期生活在浦东,深刻了解浦东是怎么追上来的。在这种情况下,他的一部部作品越来越释放出自己的正能量。他诗中艺术性和思想性的结合,也越来越好。我很喜欢他的很多比喻。这是实事求是的评价。当下的读者摒弃"口号音乐""标语诗歌",兴华却能熔观赏、思想、艺术于一炉,令读者在咀嚼中回味。随着兴华自身的艺术积累和他在创作上的磨练,他的诗达到了一定高度,自然流露出他的红色智慧,在多元化的今天实属难得。他始终没有游离主流,在深入生活中,他的诗越来越有血有肉,将灵魂刻画了出来。

---

[*] 陈东,中共上海市委宣传部原副部长。

庆丰包子铺

北京。极其普通的一条街。店名,就像晒太阳的农村孩子。
这里没有任何颜色的酒,更没有什么名贵的比较。
月坛的这一道布门帘,又在掀动红红的延安。
你像挤进了社区食堂,在队伍中静静地站在队尾。
前面是邻居大妈,后面又像孩子的同学。
天南海北,按次序等待开票。

回头认出了实实在在的你,就用手机拍一张。
你很随意,在老字号中选择。
这里和你一样拒绝挥霍,也不可能挥霍。
点那盘芥菜,还是选这盘菠菜?配料都与京味相拌。
一把手自己掏钱,结账:二十一元。

许多年过去了。
你那个座位并没有划线,所有的顾客都可以坐上去。
谁在说:"最重要的,是要让百姓吃到新鲜的包子!"
今天中午,你还来和大家一起品尝吗?
出笼了!出笼了!这么饱满、这么传统的包子。
相信你推出的这一笼以及下一笼热气腾腾的措施:

一定既有纯正的皮,又有精细的馅!……

王
伟
*

桂兴华是诗歌创作的多面手。而近年来人们更为关注的,无疑是他的政治抒情诗,他在这方面的坚守令人感佩。他又非常喜欢写散文诗。正如他坦言的,他的写作习惯就是以小见大。这首散文诗,很能代表他的这种风格。

---

* 王伟,上海市作家协会党组书记、专职副主席。

一片红韵

傅亮

每一天，我们都很平静。在平静中建设一个梦的世界。

诞生在这个太阳照耀的国度，我们始终是冷静的。

青春，应该在平静中以真正的个性闪烁光芒。

因此，我静静地擦拭我的铜号，把它擦得锃亮锃亮。没有一丝杂音。

黎明多么清新。夜晚多么安静。

一道敏锐的目光，正在深切地注视！

注视那穿越时空的又一次起航，那突破历史的新一轮开创。我怎样把自己的雄才胆略，化作一片红韵，生生不息……

曾记否，多少个深夜，生命之树坚挺地屹立，站在音符里，站在歌唱里，站出一片桃花如血！

一脉相承的历史，延绵岁月交响；一江春水的浓情，贯穿血脉流淌，

一片红韵，撩动了春风，像心在顽强跳动。

真理烧化了铁窗的禁锢,灯影里的红毛衣那么美丽地闪动。就像一面鲜艳的战旗!

我们,在历史的芳草地点亮一盏灯,映照背影。
我们,在珍藏的桃花源飘散一阵香,弥漫心间。
这一刻,金黄落叶铺就;这一刻,万顷波涛敞开。
一排排,我们走过去了,留下风中铿锵的抒情,
一代代,我们攀上去了,成就在期待中闪亮的结晶……
我们有野火的气质,春桃的妩媚。楚楚屹立,与未来遥遥相对。

我们就不平静了:一片红韵,传递终究到来的欣喜!

何成钢

《一片红韵》,采用摹色的写作手法,用"红韵"串联起"桃花如血"的青春,铁窗灯影里的"红毛衣",风中铿锵的"野火的气质"。用"红韵"作象征,具有很强的历史穿透性和丰满的启示性。

象征是两个符号在同一层面的结合,就像我们可以用狮子象征力量,用橄榄枝、鸽子象征和平,等等。象征较比喻具有明显的哲理意蕴,具有持续的、重复的特性,在现代文学中,象征作为一种极富表现力的手法越来越被广泛地采用。用"红韵"来象征"活力与激情"是本文的特点,它的好处在于可以使思想感情得到含蓄而形象的表现。它具有比喻性,但又比一般的比喻内容更深广,更有概括性。一位革命领袖这样说过:"忘记过去就意味着背叛。"不忘记的目的在于让人们走上一条康庄大道。"静静地擦拭我的铜号,把它擦得锃亮锃亮。"年复一年,"吹响铜号为了给世界增添美"。

真理与措词（节选）

章闻哲

真理中漏下的词语，正在这里掷骰子。狂欢。游戏没日没夜地进行着，啃着真理的残渣的人们，满嘴芬芳。

一个高人也没有出现，只是有时会有发亮的金币从人们眼中坦率地发出光来。高级的诚实，是真理的一种附庸，但也是真理所欢爱的嫔妃。

人人都在这里得了宠：全部必然的公主、皇后、王公大臣和他们的殿下，熙来攘往。竟然没有人注意到猥琐和平庸。竟然人人都发现了猥琐和平庸。

但竟然……朵素娃也在其中。你不能出去吗？啊，我为什么要出去——啊，我不能自以为超凡脱俗。确实，一旦自认超凡脱俗，进去与出来也没什么两样。

我们与世界并无太多的联系——假如伏羲认为有一种措词违背了他的原理，我想说：它违背了更多的原理，因此，斗争并不限于伏羲与它。

到处是可耻的人，如果你想为可耻的人洗刷可耻,你应该在绝顶可耻的人那里遭到更可耻的待遇。

洗刷是这样一种行为:就像李花和桃花为春天洗刷空洞。这些春天的大众,在春天涌来涌去,到处起哄,举行盛大的仪式,用高音喇叭宣布春天的开始——但是,春天未尝有什么新鲜的观点,每年它都来。

作为一名资深的老学究,作为形式和惯例,它在来时就已准备好了回程的船票——尽管没有人不认为这是一种凯旋。

评鉴

桂兴华

有文采的评论家,难得。有文采又有新高度的评论家,更是难得。作为评论家的散文诗往往有"大思路",因为她深知概念和空泛的弊病在哪里,故尽力避之。她对"洗刷"的剖析,多么精彩。这得力于她对新时代的深刻呼应,对结构的精准安排,对艺术表现力的高度重视,对散文诗的所长、所短的深刻认知。

前沿（三章）

赵振元

超越，总在转折处
——贺中国队在北京冬奥获首金

决赛枪响。中国队第一棒范可新凶悍内切，抢到了头名位置。但第一圈还没滑完，就有队员倒地，按照规则，比赛重新开始。第二次发枪。范可新只抢到第三的位置，但是她沉稳跟随，没有盲目超越。第二个接棒的曲春雨觅得机会，成功超越，接下来，任子威和武大靖接棒，优势越来越大。进入最后两圈，武大靖接棒时，他身后只剩下意大利选手还在紧随。但武大靖顶住压力，没有让对手超越，以微弱优势率先撞线。

这枚金牌来之不易。因为彼此实力接近、拼抢激烈、难舍难分。

中国队的第二棒接棒时实现弯道超越，从第三位升到第二位，而第三棒又在接棒时从第二位升到第一位，从而领先。

超越,总在转折处。

在冰道的直线段或转弯处,要想实现超越,难度极大,冰道上常出现运动员犯规与摔倒。夺冠的梦碎,成为一生遗憾。而如果把握机会,有可能实现弯道超越,中国队就是连续抓住了两次机会,甩掉了对手。

超越,关键要把握机会。机会,是实现超越的契机,要准确判断。超越,要有实力,更要有智慧,有胆略;机会,是实现梦想的翅膀,只有把握机会,才能起飞。

机会稍纵即逝,要凭敏锐的眼光发现,要用耐心的准备等候,更要有足够的勇气、魄力去抓住。

冰雪运动是这样,体育竞赛是这样,一切竞技比赛都是这样。

市场经济与人生,也是这样。

燃烧吧!新的太阳

太阳,是我们最快乐的伙伴,最重要的导师,最耀眼的指路明灯。

我们每天都遇到新挑战:新转型,新资本,新市场,新知识,新问题,新伙伴……一切都是新的。冲散了疲倦感,神经突然紧张,懈怠的心顿时集中。

太阳,就是最好的老师。以不倦的精神,以永不枯竭的蓬勃,每天带来动力,带来希望。

或许每一天都是这样平淡,疲惫不堪,我们都要像太阳一样,总有火一般的燃烧,总在微笑。

忘掉那些烦恼吧!忘却那些不愉快!心里愉快,一切就愉快。

让我们像太阳一样,每天都在燃烧新的活力,放射不灭的光芒。

新能源:奔跑着的未来

我是新能源,我是奔跑着的未来。
从不排放废气和怨言。只知道:向前,向前!
尽管:有人不想改变。我,决不可能回到过去!
我不想回到过去!

过去的路太窄、太短!过去的弱势,怎能与今日之雄健媲美?
过去的渺小,无法与今日之强大比肩!
再坚持一下,就能踏上一大片坦途。
光灿灿的未来,已经在向我招手。曙光,开始显现。

我属于快乐!新的感受引领着我一步步向前,向前!
快乐着,因为生命在再一次飞跃!
踏着晨光奔跑,才有未来!我,就是奔跑着的未来!

评鉴

何建民[*]

行者为大，智者为上。我之所以这样讲，是因为我从赵振元身上看到了这种十分可贵、常人所不可能有的精神、思想与品质。这种精神、思想和品质，是人的生命燃烧点和灼热度。没有这种情感的燃烧点和灼热度的人，不可能做得成大事。所以，"行者为大"。这里的"行"不仅仅是旅行多少的概念，而是人生的问题，做人的问题；是精神和意志、理想与信仰的体现，也是他的品质的"外溢"，很值得我们去学习与领悟。英雄者是靠自律、自觉、自立和自醒成就的。

---

[*] 何建民，中国作家协会副主席。

桂兴华

捕捉题材如此敏捷！这是我看到他发出的北京冬奥观后感，觉得他就像一名记者。热爱、多思，是一个作家的立足之本。他1969年赴内蒙古生产建设兵团，1973年入西安交通大学，后又在四川大学、电子科大深造。身处最前沿，再战仍是少年！其新作有震撼力。新时代盼望新的散文诗。离开了自己特有的印记，作品不可能有感染力。信息产业把新的翅膀送给了赵院长。新能源汽车不断行进的美丽，在他的N条思路里快闪。上海浦东图书馆举行朗诵会时，一排观众早就候在台侧，等他签名留念。

那个送快餐的人

蔡旭

那个送快餐的人,走得很快。说话也快,收钱的动作也快。

时间不等人啊,不属于自己的时间更不等人。

用一辆旧自行车沙哑的铃声,在城市的繁华中钻进钻出。繁华也不属于自己。

像一条鱼,在雨水中游,在汗水中游,在涨落不定的市场之潮中沉浮。

升上30层高厦,在一间间挂着很大名气的公司门外,轻轻地敲3下,再3下,或更多的3下。

爬上不按电梯的楼宅,在那些没有钥匙的门外,忍着不喘出声气。

一个个饭盒里飘出的有名或无名的香,美化着一张张按时踱来的脸。

这也与他无关。他的那盒清白,在店中排在所有队伍之后。

忽然有一天,有客人想起要问他的尊姓,他以工装上餐馆的大号作答。

在这个别人的城市,他几乎无须使用自己的

姓名。

日复一日就在密如蛛网的大街小巷跑呀跑呀,把姓名、性别、籍贯、年龄都快跑丢了。

还整日挂出规定的笑脸。

似乎忙碌的蜜蜂,真的没有悲哀的时间。

何成钢

诗人蔡旭出版的散文诗集,已经有好几十本。他的这篇散文诗果然主旨鲜明,充分表达了人们对城市里的快递小哥的敬意之情。然而主题不是凭空产生的,而是凭借其动作刻画得以呈现。他用"快""钻""游"这几个动词,雕刻般向我们呈现了生活中司空见惯的快递小哥。较之"快"和"钻"字,"游"字更显传神。3个动词将快递小哥的形象展露无遗。然而动作刻画的真正目的在于揭示主题。快递小哥的服务对象是摩天大楼里"挂着很大名气的公司",而他自己忙得"把姓名、性别、籍贯、年龄都快跑丢了",似乎成为一个"工装上餐馆的大号"。但他们"似乎忙碌的蜜蜂,没有悲哀的时间",有的只是"笑脸"。散文诗中的主题并不撇开"动作"而存在;只有通过动作,它们才能精彩地服务于主题的表达。此诗,就是成功一例。

第二篇章

壮丽山河

数字中国史

周庆荣

幽谷幽谷五千年，二千年的传说，三千年的纪实。

1万茬庄稼，养活过多少人和牲畜？

鸡啼鸣在1 802.5万个黎明，犬对什么人狂吠过2万个季节？

一千年的战争为了分开，一千年的战争再为了统一。一千年里似分又似合，二千年勉强的庙宇下，不同的旗帜挥舞，各自念经。就算一千年严丝合缝，也被黑夜占用500。那500年的光明的白昼，未被记载的阴雨天伤害了多少人的心？

500年完整的黑夜，封存多少谜一样的档案？多少英雄埋在地下，岁月为他们竖碑多少，竖在何处？阳光透过云层，有多少碑在960万平方公里之外？

我还想统计的是，五千年里，多少岁月留给梦想？多少时光属于公平正义与幸福？

能确定的数字：忍耐有五千年，生活有五千年，伟大和卑鄙有五千年，希望也有五千年。

爱,五千年,恨,五千年。对土地的情不自禁有五千年,暴力和苦难以及小人得志,我不再计算。人心,超越五千年。

评鉴

杨四平[*]

历史仿佛可以用数字计量。源远流长了五千年的中国历史,一小半是传说,一大半是纪实;而在这些传说和纪实里,有500年的黑夜与500年的白昼;其中,又有多少黑暗、多少光明,难以用数字计算!这是历史真相。好在一切历史都是当代史。我们要用超越五千年历史的人心,多记取那些历史长河中的英雄、梦想、公平、正义、幸福和爱,藐视那些阴谋陷害、杀戮暴力与蝇营狗苟。这是"数字中国史"真正留给我们的"中国史"的"数字"。

---

[*] 杨四平,评论家、上海外国语大学教授。

桂兴华

诗人也许会反问自己：我关注时代的最佳手段是什么？庆荣通过多年写作实践，找到了一种喷爆自己积蓄的最佳方法。近观这位"有远方的人"，感情真挚；再看其文，文如其人。作者写得不累，读者也就不累，跟着体会其中的哲理。抒情的藤，怎么结出哲理的瓜，这瓜可以触摸，而且是新鲜的，其中有学问。

生存之地（二章）

韩嘉川

梨 园

10万亩梨园的大地，阳光在打扮那些粉瓣。

在互为粮食的风景里，每张脸色文明而生动。

穿行的风，抚弄枝节抑或守望者的笑容，沉迷其中。

那一刻时间变得厚重，走多少路才能经过这里。

不须洗尽铅华，天赐的凝脂白，便是正当的存在。

从现在起，可以谈论美好的事物。

瓦罐与旷野之间，溪水没有延迟到达。

那些冰封的往事被唤醒，在草尖闪闪烁动。

就像蓝天下的蝴蝶，蹒跚得令花朵晕眩。

日子从唇角滑过，滋味儿由自己斟酌。

树阴的背面,有生命历程的丰富记载。
打开一片花瓣,即是一个生命的全部疆界。
自由属于泥土的意蕴,让昆虫的呼吸有光泽与温度。
沿着根须与枝蔓潜行的绿色,足以荫庇千年祖居。
犹如灯是夜的标注,而每种存在都是一个世界。

湿　地

沿着逆光中苇丛的浩荡,寻找饥饿的回响,已是千年的景象。
白鹭与长颈鹤齐声颂扬的汤汤大泽,让天国的语境在这里
适合每一只翅膀;只是某些解读密码,失散于连绵的雨。
而有些记忆早就来过了,譬如穿墙而过的荒凉。
阳光很善良,总把熟悉的影子摇落在地上;
譬如槐花的馨香,是时光远逝的食粮。

逆光中的芦花充满了理想,让低标准生活变得形而上。
马齿苋抑或鱼腥草的秘笈,在于成熟中不动声色;
月光在叶子上绿着,构筑小动物温饱的家舍。
鹿出没的地方也有狼,都受食物诱惑的折磨。
风言风语的涟漪,衬托着云影的漂过;
譬如饥饿,是历史悠久的泽国。

评鉴

杨四平

这两首散文诗均是不露声色、不显山露水的爱国诗篇,我们完全有理由说它们是现代生态诗。"梨园"和"湿地"之类的空间地理到处都是,不唯中国才有,也不止现代中国才有!诗人的高妙之处在于:他把自己满腔的爱国情感,把自己对祖国的深情厚爱,通过极富生态文明特色的空间地理意象暗示出来,而且与新时代中国"绿水青山就是金山银山"的发展理念高度契合。

中国翰园碑林写意

庄伟杰

好大的一棵树啊！一棵有根、有枝、有干、有叶、有花的树。

那根，是甲骨文、金文、大小篆书萌生的根须拉开的序幕；

那枝，是隶书、楷书、行书、草书等不同书体自由伸展和变化的枝丛；

那干，是每个不同时代的审美风尚与文化意蕴擎起的美学和树立的绰约风神；

那叶，是二王父子、欧褚颜柳、颠张狂素、苏黄米蔡……雄伟阵容的簇拥组合；

那花，是兰亭序、祭侄稿、黄州寒食诗帖等汗牛充栋的不朽碑帖名作的上下呼应、闪亮飘香……

走近这棵树，随意驻足，回眸顾盼，便能听到历代书家生命情调的微澜，读到那些源自灵魂起舞的回声。

这是一棵根深、枝繁、干壮、叶茂、花团锦簇的常青大树。

这是一棵会开花的艺术之树，笔情、韵味和墨香是这棵树的呼吸和气息。

这是一棵由神、气、骨、肉、血凝成的生命树。好比一个人,拥有自己的精神向度。

有人欣赏之时,这棵树开满花;无人发觉之时,这棵树照样开着花。

每一朵盛开的花,单独观赏是一种感受,与另一朵花放置一起,或与不同格调的花放在一起,会生成别样而全新的感受。

一棵树,就是一座翰园碑林,就是一种艺术形式的标志。

只因有了这棵树,才生发出一个民族的智慧、灵光和味蕾的芬芳。

其精神与万事万物息息相关,其命脉与儒道佛禅息息相通,并将五千年历史雄浑的心音尽情舒展,成为一代代人咀嚼不尽的万千气象。

评鉴

费金林

作为诗人和书法艺术家,作者不是囿于碑林书法,而是放眼天地,发挥丰富的想象力,说碑林是棵大树,根深叶茂。让浩瀚的书作文化,源远流长的历史内涵,形象地呈现在读者面前。全文写意,首先是意在形,根、枝、干、叶、花,都是书艺的体现;其次是意在魂,仿佛听到历代书家"灵魂起舞的回声";最后是意在神,这棵生命树,"拥有自己的精神向度"。你可以领悟"民族的智慧、灵光和味蕾的芬芳"。在这里,散文诗的写意与国画的写意有异曲同工之妙。写意,属高手所为。

我梦见过一条大河

卜寸丹

我梦见自己从危崖纵身跳下。鱼群蜂拥而来。猛兽在崖壁观望。

水轻柔地缠绕我的身体,包裹我。那令人窒息的爱呵!

幼小的母亲站在源头。

父亲的挖沙船开走了。

我睡在河边简易的工棚里。到处都是沙子。吹过河面的风声。

我没有玩具。我只有金贵的梦。

那个秋天,水鸟翔飞,小小的影子在水面滑行;满河的星星荡漾着,奇幻之象引诱我,跳入河中。我像星星一样浸在水里。

我在梦中的大河里渴望父亲返程。

"记住你的养父。记住一条河流表象里所裹藏的阴谋。"

娘告诫妹妹。

评鉴

桂兴华

散文诗与叙事的散文之间的不同,此文可做教材。首先被描述的对象均是模糊的、不确定的。相互之间的关联也不明显。但是,特征突兀,有棱有角,有自己的脸。这一些,反而突出了散文诗的美。美在没有固定模式,一切尚有可能。它的包容性很强,可以将小说、戏剧、散文、杂文等诸多文学体裁抱入自己怀中。

至于在微观含义的具体阐述上也有多义性。譬如"令人窒息的爱"指什么?"裹藏的阴谋"又是指什么?读者可尽情想象。尤其在当下散文诗领域内探索、革新的力量急需培养的情况下,我们更应跳下一条梦中的大河,让水轻柔缠绕身体,让令人窒息的爱包裹。

含蓄才是诗。此篇佳作证明:散文诗更应该向诗有所倾斜、依偎!

珠穆朗玛

王泽群

一种清凛。一种孤独。一种凄楚。一种神圣。

一支神的歌,缭绕于你的肩畔;却不能、也无法暗淡你对青天,所凝视的眸子哦!……

——珠穆朗玛。

宇宙的律动。地块的挤压。雅鲁藏布大峡谷的企望,喜玛拉雅无休无止的期待,逼迫你——升高。升高。升高。升高哦。……升高到她们也不知道的高度,升高到她们也不理解的苍凉,升高到她们也不懂得的无奈,升高到她们也不明晓的尖锐。

让你清洌,让你孤独,让你凄楚,让你神圣!……让你高处不胜寒,寂寞嫦娥的广袖也束得紧紧了呢。哦哦。玉兔不捣药,吴刚不倒酒,后羿收了弓。独自悠然且突兀……

——珠穆朗玛。

没了树。没了叶。没了草。没了花。没了红。没了绿。没了色彩也没有了生命哦!

只有雪。只有冰。只有风。只有暴。只有白。

只有黑。只有寂寞也只有那孤独哦!

——珠穆朗玛。

任何一种高度,都是要付出代价的。

但是你在无可选择与无可奈何中所付出的代价,委实是太过于残酷,太过于严峻了哪!

——珠穆朗玛。

当那么多的歌,那么多的诗,那么多的颂词,那么多的画面,那么多的信息,那么多的笑容,那么多的声色电光花团锦簇桃花美面……都献给你的时候——

我这个大西北男子的心,便泪流满面了。

珠穆朗玛,我的珠穆朗玛!——

你见过心上的泪,滴滴都是珠红的血吗?……你见过所有的风,声声都是嘶哑呜咽吗?……

你见过。你见过。你一定见过。而你,无言。沉默是金。始终是漆黑的黑暗呀!

圣洁的洁白呀!其实,你只有一种……你自己才懂的颜色呀!……

——珠穆朗玛!

评鉴

桂兴华

语言多么干净，不拖沓，不臃肿。由于不硬写，笔下就会嗖嗖生风。火热的情感扑面而来，是作者不可抑制的爱。修饰词用得极少，读起来就觉得爽快。流畅，效果就好！整体结构，也是很讲究：就像一幢大厦，框架宏大，每一层都不马虎。词美，意境美，是因为吐露着作者多年的情感和艺术积累。这些语言，都穿着自己的衣服，有自己的颜色与样式。决不套用别人的打扮。别人穿着，也不舒服。

万世梨花开

李自国

时令春不败,在嘉绒,在世外梨园,所有的亲人都聚集在云端。

从枝头到华年,无愧天地良心。从根脉到苍生,漫山银装素裹的女神。

在藏历里闪烁,在高海拔雪梨种植之乡图腾、膜拜,是渴望随之上升,是渴望骑游花事间。

所抵达的川西北高原,东女国的雪梨之巅安营扎寨,用一瓣原生态的梨花引渡。

众兄妹相互撒野、取欢,又匍匐久违的麦田。

抱团取暖的草木春秋,在梨园以远。

总有一些古树让离花之心无处逃遁,总有一些渺渺无涯的雪梨君子,将味觉色觉与睡觉的表情遗留给了一世金川。

我不来,你不会这么任性地开吗?

无论沙耳或咯尔,无论庆林或万林,金川的梨花宁静可以致远。

可以让风雨中的表妹栽种一个个善念、一个个安生。

又将叩问：我从哪里来？又到何处去？你的韶华与容颜哪里安放？

这里的沧海桑田，早醒于人间肤色的冷暖。

你不开，我不敢这样索然离去。

金子之川，收获着宁静、纯美、超然的人生真谛之后，是谁还充满大地的仁爱？

万亩梨花的倒影，在百里河畔又将如何壮美？

如何与山邀约，与水谈恋爱，与蓝天白云、藏寨碉楼、牦牛锅庄相伴一路，幸福一程，美满一生？

在梨花飘雪、漫天飞舞的万世情缘，生命就像一片落叶了却某段离奇。

从雪到梨，从花到果，从树到林，从一路风雨兼程，到一步步靠近春天。

岁月那般短长，打捞一种良辰一种飘一种甜。

而时光绿了、黄了，命运枯了、荣了，我们就端坐在尘埃里淡泊寡欲，然后劫而回还。

然后让梨树上的鸟儿一分为二。

一半留给斑驳的阳光作证；

另一半留给来年，留给众山之上的楚楚王冠。

评鉴

桂兴华

想象翩翩起舞,用词十分大胆,忍不住叫一声:好!真是:有什么样的眼光,就有什么样的地域。当代的一颗诗心,穿越了古今。散文诗,也是一面镜子,既照出每个作者不同的精神面貌,也映出同一时期诗坛的另外一些表情。这一章:眼睛盯着风景中的时代,拥有前进中的正能量。诗人的心在不断跳出来参与,是大格局里的局内人。只有不被具体的杂碎拖住,才能释放创造力。笔下,才会涌出新鲜的梦。

边地守望者(外一章)

亚楠

与时间抗衡,用一腔热血抵御孤独。啊,他们迎风斗雪,曾谱写过多少可歌可泣的人生乐章?我知道千里边防线上,日出日落,他们用信念谱写了一曲曲美丽乐章。

欢笑与眼泪,憧憬与迷茫,那冰与火的洗礼,把灵魂铸成高峰。呵,新一代边防军人,他们在生命的极致处,诠释了道义和忠诚!

此刻,走在西天山腹地,我静静地感受美,感受岁月深处的情感涟漪。而远处,汗腾格里峰用沉默凝视着我,一种庄严肃穆之感骤然上升。

是深沉的呼唤吗?你听,松涛此起彼伏,就像一道道目光。我明白了,在宁静的暮色中,这片疆土已深深植入守边将士的血脉。

霍尔果斯河

这只是一条朴素的小河。没有滔滔巨浪,也没有荡气回肠的澎湃之势。可是,在西陲边境线上,它播撒友谊,传递着人类向善的力量。

溯流而上,河谷呈现出神奇之美。野杏树红成一片,远远望去,仿佛巨幅水彩画,那么匠心独运,意境深远。

这是燃烧的火焰吗?

你瞧啊!激情在大地上奔涌,动与静之间蕴藏着美,也栖息无数自由、安详的生命。

清风送爽,胡杨透出金子般的亮色。我知道在深秋大地上,它们都努力朝向光明。而美是巨大的,她用辽阔启迪人类,也为大地带来坦途和荣光。

我被眼前的美景感动着,心中充满了温暖。

杨四平

这两首散文诗是 21 世纪中国的边塞诗。不同于古代边塞诗满是刀光剑影、血雨腥风、国破人亡,它们是"美丽乐章",是友谊、和平、光明、温暖、道义、忠诚。在 21 世纪中国边地,"新一代边防军人"是 21 世纪中国的钢铁长城,始终用爱国信念"把灵魂铸成高峰"。他们是21世纪最可爱的人。而21世纪中国边地遍地都有"神奇之美",内里还潜藏着"燃烧的火焰"。由此可见,诗人对21世纪中国边地的人、自然和人文都饱含着炙热的爱。

酒泉公园

严炎

一个向往，把你从南方的领地移植到拒绝绿色的西北沙漠，耸立成戈壁滩上诱人的风景，那些婆婆娑娑的西湖柳也跟踪而来，给你增辉添景。

你因酒泉出名，酒泉因你充满生机。所有在干旱中跋涉过的人，经过你的沐浴都会有一种崭新的面貌诞生。

于你的怀抱中我们操橹摆动小舟，力求摇过戈壁滩所有的寂寞和荒凉，靠向郁郁葱葱、勃勃盎然的彼岸。

鸟儿的叫声离我们不远。

南方的无季节时光离我们很近。

我们忘情地把惊奇语言交给你田地中的湖水，把呼吸交给你生命的所有叶片，让目光结成期盼的果实，永远悬挂在枝头。

你微笑着，面对这一不多见的举动，于静默的喧闹中给我们沉淀久远的深思。所有的沉思、所有的沉思都充满我们外地人良好的愿望：长久地等待着连天波涌，绿海滔滔。

评鉴

杨四平

酒泉,不是因为酒和泉而闻名,是因为那里有中国卫星发射基地而闻名遐迩。酒泉是新中国从自立到自信到自强的科技兴国与科技强国的国字号象征。所以,诗人说"你因酒泉出名,酒泉因你充满生机"。诗含双层意,不求其佳而自佳。这里的酒泉既指实实在在的自然酒泉,也指因发射卫星而闻名的科技酒泉。前者自古就有,而后者是当代中国创造的人间奇迹。据此,诗人要用"惊奇语言"赞美酒泉公园、酒泉卫星基地和酒泉精神。

夜雁

郭风

我沿着溪边的小径,要走回到村里去。

这些日子里,我常在夜间很迟时刻回到村里去。

月色都很好。我对于这村野的冰冷的月夜,深深地喜欢了;感到寒夜的月光,照着山间的村路和溪边的小径,格外明亮,有一处很深的情意。

溪岸上有许多乌桕树和梅树。树叶大都脱落了。月影树影照在溪岸上,照在水上,多少次夜深时刻经过这里,心中都很感动,感到都有一种吸引力,感到这里好像一册书或一幅画,能令我百看不厌;感到每看一遍,都觉得中间含有新意,使我有新的领会,都打动了我的心呵,此刻我从乌桕树和梅树的赤裸的枝丫间,望见月亮正在从一堆松散的、发亮的、柠檬黄的浮云间运行过去;望见天边的北冕星座,此刻当真好像一顶缀着宝石的王冠;望见月亮和星光中间,天空显得非常深,非常辽远。

夜已经很深了。我沿着溪边的小径,要走回到村里去。当我走到村前的石桥上时,我忽地望见辽远的天空中,好像就从北冕星座和大熊星座之间,有一阵排成一字形的雁群,接着又有一阵排成人字形的雁群正在飞行过来;我不觉站在桥上,望着它们。我看到它们镇定地、从容地,在月光下飞行在自己的征程上。

一刻间内,我的心好像深深地受到鼓舞,我的心中不觉深深地有所思考起来了,当我走回到村里时,我在月光下站了一会儿,忽地看到石桥、草地和溪边的赤裸的梅树、乌桕树上,都已凝结着浓重的白霜。

这已经是连续第三个夜晚,下霜了。

陈志泽

这首散文诗写了下放山区时的生活感受。作品写"冰冷的月夜"的月景。写他"从乌桕树和梅树的赤裸的枝丫间,望见月亮正在从一堆松散的、发亮的、柠檬黄的浮云间运行过去"等丰富细腻的感觉,显然,作者有着很深的寄托。他着力写月夜的美,写自己对于洁净和美丽的大自然的宁静欣赏和忘我的陶醉。舍去散文务求较多的铺垫、交代等"拖累",只保留"文眼",保留严格选择的细节,又从诗歌那里吸取美学特点加以融合。郭风的这首散文诗可以说是这一类散文诗的经典之作,既有飘逸美,又有凝聚美。特别是作品的第五段,写他"忽地望见辽远的天空中","镇定地、从容地,在月光下飞行在自己的征程上"的雁群,受到了鼓舞并不觉深深地有所思考起来。作者受到什么鼓舞,思考些什么,以及前面所写的为什么"常在夜间很迟时刻回到村里去"?又是"舍去"的,并未点明。作品表面上看像是具有优美意境的含蓄的抒情散文,但由于它不但"舍去"了散文的一些"拖累",且具有很强的象征意蕴和月光的意象美,具有内在的音乐性,诗意的融入十分明显,就成为一首有散文倾向的很有艺术个性的优秀散文诗。作品具有飘逸美的同时也具有凝聚美。散文诗界有"北柯南郭"之说,两位前辈的确风格迥异:一个力图变革,一个则宁静。静,也能静出个大家。俄国思想家、文学家洛扎诺夫说过:"隐居是灵魂最好的卫士。隐居是集中精神。"郭老就如他的散文诗:内向,缠绵,含蓄。他说:"散文诗是一种美育生活,陶冶人生的很好的文学样式。我有一个奢望,这便是我想通过不懈地持续地运用诗篇,来描绘自然界的风景美,以表现一个总的文学主题,关系到人的情操和道德,永久的政治主题。"

桂兴华

他是福建莆田人，有40多年的创作生涯。我第一次见到他，是在1985年春，下午，上海，和平电影院旁边的一家宾馆里。对于那次见面，他是这样描写的：一阵年轻的旋风来了，桂兴华同志来了。可是，我来不及看清他年轻的面目，他带着我对于他的最初印象，走了。那天下午，我乘民航机自沪飞往成都。我不无歉意。我在空中想：明快以及现代节奏和内涵，这是他独特的风格……似乎，那天我飞越江汉平原的上空时，已在酿造一本散文诗集的序言？于是，我时或读他的散文诗，我的认识的树枝上，不时生出新叶……它们，都使我感到中国当代散文诗被引向以诗的现代意识所关注的新领域。那里，正出现当代生活的节奏；当代思想的苦恼和快乐，一起开放着鲜花……

他这种洒脱的文风与他1950年代的《叶笛》，已有很大的区别。语锋这么犀利，语速这么急促，富有时代感，说明他的心态十分年轻！郭老这一点，非常可贵。散文诗中的叙事，比较难。因为一撒开，很容易染上"散文化"。越叙述过程，就越靠近散文这支方面军。只有打碎、重构、浓缩、跳跃，才能向散文诗的方面军挺进。化整为零是上策。郭老的这一段很有说服力。郭老是在以诗人的目光来选择事件,用抒情的方式去展示情节。散文诗像散文,但更像诗。散文诗的本质是诗,散文诗的作者群里也以诗人为多。由于能对事件更加概括,更加凝练,诗人的创造力就在抒情中获得了解放。1992年冬,我去福建组稿。在文联大院又见到了他。静静的楼,一壶茶。淡淡的一席话,慢慢让你体会。也许,散文诗大师就该是这样从容。

林语(外一章)

许淇

森林在说话。

犹如发自体内神经质的耳鸣,痉挛的震幅,那声音是浮悬于深潭之上的朦胧月色,是不确定的模糊轮廓的流动空间。

耳鸣不绝。溪涧濑响。回溯最初的潜滴暗流,不知在哪一块被苔藓覆盖的石头底下躲藏——

吹着笙笛的小精灵,在倾吐生之喜悦。

是新栽的小树,芽和芽,幼儿的嘴里,粉红的牙周像花苞,因为呵痒而嘻开了,一朵朵懵懵懂懂的欢笑。

叶子擦着叶子,嫩枝摩着嫩枝。

是即将出巢的雏鸟,振动光的羽衣。

是冻土苔原的驯鹿,舔着石松和盐。

是白桦林里最后一抹冷却的夕照,终于淬了火,青霭的暮烟吱吱地响。灰鼠和花鼠在枝头亲密地私语。

当神秘的黑夜袭击老林,由上而下降压一股浓重的腐烂植物的湿气和令人昏眩的松脂香,以及夏季候鸟留下的亚硝肥料的气味。

山猫经过那里的脚步,令人心悸。

欲望的季节,胡蜂毁了巢,发疯似的蛰熊瞎子。镋鞑和锣鼓的吼声淹盖了一切。

风葬的鄂温克老爸,跨越了死之门限,像他的祖先那样。被高高地架上百龄落叶松的树梢。这时,风卷着阳光奔泻而来,汹涌着叶浪,将无欲的老人颠簸在森林之上。

而此刻在林中,食肉兽暴露着诱惑。蝴蝶双双合而为一。花朵每一蕊都赤裸着。鹿哨在颤声呻喊……

繁衍生殖,狼藉满地,森林必须经过一番洗涤……

雪,恰恰在这时刻,并无预示地降落下来。

白雪是无瑕的、干净的。雪是真实的,是固体的雾。

是所谓"白色的寂静"。果真寂静无声了吗?一切动作都休止,世界因此永恒地沉默了吗?

但,听啊!这里,那里,整个森林在说话。树枝承受不住积雪的重压,弯曲,弯曲,大块的雪落下,树枝反弹,连带所有的枝丫条件反射似的颤抖,雪刷刷地崩溃,发哀松碎玉之声。

夜半,沉沉的雪折断了枝条,力度的弹奏,如弦铁拨,那声音在静极的空林中发出轰鸣。

这就是我听到的林语。

缄默的爱

真挚的爱,不需要甜言蜜语,它像大自然本身一样自然。它时常是缄默的,在默默中生长。

大自然缄默,因为它丰富,广袤、博大;它拥有一切,包含一切。冬在默默中萌发了芳菲的春枝;夜在默默中诞生了璀璨的星群。万物在复杂中出现和谐;单一如同它的整体。

红天竺葵、麝香草、夏季的凤兰、金秋的雏菊、泉畔的水仙、野地里的百合花,甚至在石缝里不见阳光阴影下挣扎着仰望星星点点光亮的一茎瘦草,都在用梦寐、醒觉的欠伸和呼吸,来吟唱生命的爱歌。

就是帝王最华丽的珠饰,也比不上这花的一朵;就是雄辩家最漂亮的词藻,也胜不过恋爱着的无言的一瞥。

桂兴华

他讲究文字,段落比较舒展。很明显,是个很有苍桑感的男人写的。细腻,出于作者的观察力,也出于表现力。"森林在说话"。不同凡响,多么精彩。看到独特的风景,仅仅是第一步,怎么运用诗的手段表现,更不易。他热爱旧的词牌,也喜欢新的城市节奏。我与他有过多次对话,包含在《文学报》上的笔谈。在北京的散文诗颁奖座谈会上,对于怎么用散文诗反映大时代,我与他有不同见解。我总在想:散文诗在赏心悦目的花花草草之外,能不能翻卷更加辽阔的风云?这风云,又是能触摸的,不虚幻。别林斯基早就说过:"诗人比任何人都更应该是自己时代的产儿。"高尔基、鲁迅走在前面。海燕在劲飞。野草在呐喊。我们跟着。但他却说:散文诗还是擅长于表现山水、风景。我们没有争。我想:共存,才是好现象。

他认为散文诗是嫁接出来的新品种,像"苹果梨",既不是苹果也不是梨。反过来说,既是苹果又是梨,自成一体。这篇作品,很能代表他的艺术主张。种种社会现象,被他用"林语"精彩地说出来了。

在黑渡口,想你——写给水景茶楼

王迎高

安放欲望,养眼舒颜的地方。
协调情绪,无悔岁月的地方。

想你,举十知九,十鹿九回头,十里长街上都是你。
想你,在夜的堤坝,一条船装满了最美的邂逅和认同。
想你,把你想成泊的绝渡逢舟。
想你,把你比成聚的愉悦、先苦后甜与寝不安席,食不甘味。

只要有一杯水,一条桨的广富林就能撑起一根篙的水波涟漪。
只要一杯水里泡着有你,一片叶的落地窗就会降眷一帘印月目光。
在你的驳岸,心静下来,抿一口漾在水面的霁月。
就能够听见一曲沉鱼落雁和鱼水相欢的轻盈

楚舞与泉眼吴歌。

雨水疲惫的下午。一壶普洱端出一份紫砂暖煦。
一杯龙井扶起一程不空不昧、为你而浮和汤色缘定。
黑渡口,茶是涛声,是酒是诗,是艺是画,是思源和修身。
是沏的互让,赏的相敬,闻的陶冶,饮的礼仪,品的天下茶人是一家。

指尖滑过琴弦。
一串串音符在杯中歌舞升平与谈笑自若间。
在你的杯中,那一只只看世界的眼,越来越淡,越来越清。

多好,一张桌子摆着你欲罢不能的唇红和琪绿。
一只杯盏绽放着你恰到沸点的隐约烟火和水墨知乎。
只想多待一会,在黑的暗亮处脱去灵魂的衣服。
在黑的流水处抱紧你内心的饴盐和舌尖上的初涩。

一撮星辰可以泡出一瓯书法韵,一壶良渚茗。
一勺人品可以滋味一罐宁静温和,一碗谦逊与冲澹闲洁。
一杯站起来的水,有九峰的关节,泖河的腰身和知也禅寺的钟声。
一杯斜着背的水,肩上挑着护珠宝光塔的云朵和"登览者极江海之观"。

这真的是一杯陪伴、惦记、奔跑中的心率和睡不着的口渴。

是一杯彼此间的信任，醇厚，思悟，做人的温度与有你正好。

是一块良田，一处皇甫林的晓雾晨曦和"斜月未堕山，烟中市声起"。

更是一杯向善走的台阶，慢慢长大的认识自己以及吊足胃口的热播剧。

喜欢黑，因为你名字里有一个黑在点睛。

因为黑的肺腑里呼吸的是在乎、相濡以沫和放下空杯。

因为黑的渡口在我们之间美得让心嘚瑟，让情地老天荒。

黑的地方。

总有星星藏在天穹之上撩开胸衣哺乳白驹。

总有一条筏渡浸湿自己，载着一船摇晃的人间。

评鉴

桂兴华

环境描写，作者采用了散文诗的笔法：精炼，而且思路跳跃，虚实结合。而散文笔法，一般不是这样的。一门心思苦攻散文诗的王迎高，这几年进展非常快。有各种积累，是肯定的。语言讲究，用词精准，站得住脚。作者词库庞大。

雨水醉茶

王舒漫

谁在雨水里,醉茶。

春娇满眼,我从来不沉迷于四肢的姿态,即便把自己分成等分。我想你温柔地望着我,一生一死。深枝花,浅枝花,花飞帘外,我取云霞独处。一潭明月钓无痕,灵魂不分裂。你清醒,你丰盈。而我总想用脚画圆,奔跑,可你在我前面。

丈量岁月吗?我们的重心在彼此之间的缝隙,啊,伤悲。我画不好自己圆,也没画好你的圆!犹如一个孩童,小小脊背的概念。

世界在你的背后,而我却在世界的背后。山岚在大海之前,生命的地点不变,世界的版图或变大或变小,季节说了不算。

没有一个人能够逃避,吹在骨头之间的风,词语的风。谁的额头镌刻着韵,茶么?

清茶,清文,醉心,满箧。一片香痕变半节,在变宽的水面,雨水下,雨水,依然演绎着动人的歌。

评鉴

桂兴华

　　思路灵活,细节一闪、一闪,全篇写的是一次很平常的喝茶,读者的心还是被滋润了。所以说:怎么写,是关键。作者动了情,花了功夫。

时间没去哪儿

陈志泽

时间去哪儿啦？时间没去哪儿。

时间从老人的身体里长到了儿孙们的骨骼血肉里，响彻在他们奔驰的脚步声里。

时间从年轻人的心上飞进接踵而来看得见、摸得着的一幅幅图景里。

时间浇灌我们村庄那座山，风刚要刮秃山的脑袋，就不见踪影，山又草木茂盛了。

时间顶住了摇摇欲坠的天，雨刚要冲矮山的身段，就下不来了，山又长高了。

时间在我们村庄的那条河里喂养着星星，喂养着鱼虾。旱天，它在河床上酣眠，没多久又精神抖擞和春水一同匆匆赶路。

时间在一棵棵果树上画下数不尽五彩缤纷的浑圆，散发着丝丝缕缕芬芳的微笑。

时间流进田野，就绿了，金黄了，摇荡出果实的铃声，唱起丰收的歌曲。

时间汗水淋淋地为拼搏者送去喜讯，加入了一曲曲闪亮的凯歌。哦，有时就差那么一里路，它只能气喘吁吁捧接不如意者滴落的泪珠。

　　时间在变魔术似的生长着自己的梦想,在焊接一处处断裂、填补一处处缺憾。

评鉴

桂兴华

　　怎么将抽象变为具象,是诗的特异功能。看不见的时间,鲜活可见了。这首散文诗,高在主题的提炼上:"时间在变魔术似的生长着自己的梦想,在焊接一处处断裂、填补一处处缺憾。"没有深刻的思考,是写不到这一层次的。虚写,比实写难。它要求作者站得更高。而这高,又是很难说清楚。集中精力打歼灭战,紧紧抓住时间,写深写透,十分过瘾。作者笔力老道,句句在弦上,不得不发,没有废话。属上乘之作。你的作品,与你赏析散文诗的系列文章一样精彩。正像谈到青岛的韩嘉川,就会想起耿林莽老师;谈到陈志泽,就会想起郭风老师。名师出高徒。这几年,你的进展,十分明显。

城之底片

林登豪

城之酮体撩人心魂,每一簇肌体露出新泽,每一个细胞闪烁劲歌的音符。

立交桥奔驰都市的意识流,满天开放富有情感的云朵。

公园的亭阁,贴满情人的眼神。是谁正在轻声叙述种种艳遇,一只春燕衔走细节,前进通俗小说家笔下,一种情绪照亮近郊寂寞的房间。

大屏幕及时反馈各种经济信息,电子软件繁殖钞票,攻击大写的个性。

精装的语言,洞穿人生之门。

城市还在滋生长舌女人的流言蜚语,人行道上,贪婪的目光如子弹,扫射透明的神秘,丰富了一种诱惑。

一扇又一扇的门窗推开了,一种又一种的大胆设想交叉流动,重叠出许多精致的片段。

一座座高楼大厦数着霓虹灯,不停曝出有风有雨有激情的时空。

一种热量,多姿的色彩,笼罩着许许多多的人。

评鉴

桂兴华

　　羡慕作者奔腾的思潮。同龄的诗人中,作者这种不断向上跨越的精神状态,令我叫好!好在有新鲜感。我知道:这幢新大厦不轻易动工,也不会轻易封顶。底片干净,个性化。

翻新陈旧的日子

封期任

我喜欢一个人静静地在雪地上行走,任一地的苍白写尽天空的黯然。

任树洞里怯懦或鄙夷的目光,像飞来的子弹,射落漂泊的忧伤。

喝一壶老酒,醉在一树腊梅里。

不去想风的冷冽。

不去想树的凋零。

不去想一只雪火鸟坠落的悲切。

我只去想一枚枚坚韧的辞藻,顶着头盔,穿过林立的楼宇和纵横捭阖的街道,抑或闪烁其词的霓虹,紧紧贴在脚手架上,用坚强的温婉,把冰冷的日子捂热。

把工棚里沧桑的浪漫,捂成夏日的翠绿、秋天的金黄,倒叙阳光的晴暖。

随村口那一道守望的目光,穿透雪色的天空,把山里山外的雪捂成一个词牌,问候一只候鸟回暖的情怀。

我承认,我所有的遐想都不能为那些抱着雪花取暖的人换来太阳的光影。

想着、想着、想着……

我看见一只只雪火鸟,在高高的脚手架上,时而躬身,时而直立,一次一次翻新陈旧的日子。

最后,把老人和孩子的期盼,以及雪及雪的背影雕琢成春天的颜色。

桂兴华

以理念统领全诗,是一个难点。攻下来,显示了功力。给人以陌生感,靠一部作品的艺术表现力。亮出你积极向上的底气,肯定能成为"春天的颜色"。

黄果树瀑布

蒋登科

自天外来。自山外来。自梦境来。

积蓄千年力气,汇聚万溪浪涌,飞奔而来,跳跃的姿势雄壮而优美。

那声响,发自万古地心,又好像源自随之跳动的脉搏。

这个时刻,如果心灵没有震撼,如果情绪不曾激昂,如果在飞雾如絮的拥抱中没有踩上这惊天动地的节奏,那定然是虚度了这远足的美好时光。

许多文人都这样赞美。每位游客都这样感叹。

在惊叹的人群中,只有我是沉默的,虽然这是我们土地上的骄傲,有着我们血脉的搏动。

伴着缥缈的彩虹,我的眼前出现幻觉。

在地球的另一面,在另外一条奔涌的河上,更为雄奇也更为柔媚的尼亚加拉瀑布群,以其独特的形象与声响正与天地对话,好像是向黄果树瀑布发出挑战。我曾感受它的宏大,我曾沐浴它的彩霞,在飞花溅玉之间,体会天地的博大。

世界真的很大!有时候,我们不能只是关着门自己对自己说话。

我把赞美的话语深深地藏在心间,让它生根,发芽,开花。

桂兴华

评论家的形象思维:"自天外来。自山外来。自梦境来。"面对着黄果树瀑布,想到的是:"在地球的另一面,在另外一条奔涌的河上,更为雄奇也更为柔媚的尼亚加拉瀑布群,以其独特的形象与声响正与天地对话,好像是向黄果树瀑布发出挑战。"真是神来之笔!这一笔非同小可。格局之大,可想而知。胜出的关键,就是与众不同的立意!这位我熟悉的评论家,散文诗写得就是与众不同。跨界出优势。多学科的跨界人才。前沿阵地,交叉地带,思路很活跃。哲理性强。

写意重庆

萧敏

俯视重庆：眼下展望的是一幅巨型山水，有山自水中浮动，有水自山中流泻。

游走重庆：眼前呈现的是山的峻峭水的灵动，山水相映处，松啸鹤鸣雾起云飞。

重庆的山——顶天立地，嶙峋铮铮。

山，立在城中；山，横在城外。路，绕山而行；房，依山而建；隧道，穿山而过。城因山而立体而挺拔。

山风过处，山色变幻无穷：春岭如烟，夏谷苍翠，秋山烨艳，尤其凛冽寒冬，大雪给碧峰绿树戴上洁白璀璨的莹莹水晶冠……

山——就是重庆城骄傲的雄蠹之魂！

重庆之水——婀娜清幽，气势磅礴。

千溪万沟挟持着山上流浸奔突的泉水汇入江河湖泊。长江、嘉陵江热情拥吻着城市。城因水而生动而活泼。

那些飞瀑、流泉终年不绝其响;那些素湍、深潭柔情万端默默。那水,穿越时空而来,携带岁月而去,沿途的万种风情,都会被水带到远方……

水——就是重庆人最爱的文风流韵。

重庆之美在城。

滨水而居的重庆人,把绿色种在水边,把花朵嵌在岸边。涧水灵动,牵一路柳风;清溪澄明,照两岸桃红……

花,临水照影;树,柔枝拂波;桥,飞跨江流;市声和微笑,虹霓和热闹,因为有了绿色的荫蔽,工作着是美丽的!生活着更是美丽的。

江岸的风景在树的指挥下起伏,屋顶开放四季色彩。那绝壁上的黄桷树虬枝苍苍,如一幅幅想象飞腾的抽象画;那石头的堡坎、护坡,水泥的灯杆、巨柱,纷纷披绿挂红;那高低错落的立交路、立交桥就是一座座鲜花和绿叶堆砌的立体雕塑……

通衢大道、背街小巷,掠过车窗和眼帘的是一道道流动的风景线——李白桃红萦绕早春的轻柔,初夏的紫薇飘洒粉嫩的温馨,深秋的金合欢,冬日里勃勃生机的行道树:牵着你的目光,一路千万朵芬芳祝福,千万片叶子倾诉……

人们走在路上,无论远行还是归来,陪伴他们的是一路鸟语清风,绿荫花香……

你看那些藤萝、枝蔓、树根、绿叶,攀缘着,努力着,以向上的姿态,以绿色的征服,诠释了这座立体的城市!

那些藏在腊梅深处的往事,被清风一一滤尽。阳光下花朵一样的孩子,少女一样的柳荫,青年一样的大树,老人一样的圆叶,生命与自然的大美——和谐于这座城市。

山重水复的重庆,既领大自然恩赐的天生丽质,又有重庆人灵心巧手的梳理打扮,怎能不以自己超群之美傲然天下!

王怡[*]

重庆这座城市奇异的自然风光在中国可称得上甲天下。萧敏女士借鉴中国画写意的手法,用诗的语言描绘了一幅令人叹为观止的重庆山水全景图。

――――――――

[*] 王怡,上海铁路局党校副教授。

全篇结构清新，从宏观层面概括性的叙述导入，依照山、水、城的顺序，用山的雄魂写山，用水的流韵写水，用重庆人豪爽大度、攀缘向上的姿态写城市。诗人在一段段具象描述中成功地展现了情由景生，景因情活的功力。写重庆的山，山姿或横或立，山色苍翠烨艳，暗喻重庆人顶天立地的气概和顺应潮流的多彩性格。写重庆的水，长江嘉陵江把重庆搂抱在怀里，时空不断冲刷出更新更美的大地。千溪万沟终年流浸奔突，滋润着山城浓妆淡抹总相宜的美女。表达了作者对大自然给予重庆恩赐的深厚感激之情。

全诗的着力点是写城市。写城里水边绿植的灵动，写市场的繁荣和人声笑脸的辉映，写城里水泥建筑与百年大树的牵手，写通衢大道、背街小巷、立交桥下、腊梅深处的赤橙黄绿青蓝紫。在这些朴实的描述中，作者酣畅淋漓地倾吐对故乡的"山美水美人更美"的热爱和赞赏。她把天地人融合之大美的赞誉赋予了重庆这座伟大的城市。读诗如赏画。萧敏的创意和探索是很有意义的。

长江之水

熊亮

黎明，桃花，无边的霞光，那些向上的浪花，就这样将天地开启又一场盛大！

江水，湖水，众多的不知名的长长短短的曲曲折折的江，呼朋引伴，交融、汇聚，再交融、再汇聚。

潮水一样的山峰，潮水宽阔，山峰、峡谷，同样宽阔！

黎明照在江水上，桃花开在群山间，汇聚成奔流的长江之水哦，映带群峰，映带清澈与超脱。

风帆，从天际而来！风帆，转过山峰，转过峡谷，由江水护送东去！

一曲山水相依的知音，在南方唱响。

在江边，在众多水系汇聚的长江南岸，我登上蛇山峰岭，登上黄鹤楼。

聆听江涛之外，聆听京广线上贯穿南北的列车呼啸。

天地的茫茫，尘世的沧桑，在长江之上精彩

演绎。

要寻找仙人吗？要俯仰地迥天高吗？要一醉写豪情吗？来，与壮阔江水一道，系揽千古风流的涛声与灯火，唤取黄鹤的影子，用洪湖之水，用赤壁之水，用史册中云梦之水，书写荆楚的新韵。

江风从洞庭波光发轫，承载天下疾苦与担当的岳阳楼在江边屹立千年。

休去想流逝的时光，休去想岳阳楼的兴毁，君不见，楼头的雨滴，分明吟唱的是范仲淹的千古名篇，层峦叠嶂里，有庙堂之忧，有江湖之忧。

江风依然，斯人何在？登楼，私心豁然。浮游乾坤，青山排闼！

沿江，沿湖，沿着先贤风帆足迹，滕阁在眼。

西山暮霭，长虹映江洲。一帘春晖照见莲塘花容，采茶阿妹何曾觅得杜鹃丛丛？

江右的韵江右的烟霞，早被秋水广场的音乐喷泉尽情幻化。

鄱阳湖上候鸟翔集，风起云涌赴长江。

远去了那些烽火故事，走近了浩浩长江，从此，闲云不闲，从此，物换常新！

长江之水昼夜不舍，滕阁长风就这样融入万古江水与天地不老！

评鉴

费金林

《长江之水》只是诗人熊亮长篇散文诗《长江》的一个章节。熊亮还有长篇散文诗《黄河》。可见，熊亮善于驾驭架构博大，诗意蓬勃的长篇大作。

《长江之水》有波澜壮阔蓬勃向上的气势："黎明照在江水上，桃花开在群山间，汇聚成奔流的长江之水哦，映带群峰，映带清澈与超脱"；有历史的深沉感和穿越感："来，与壮阔江水一道，系揽千古风流的涛声与灯火，唤取黄鹤的影子，用洪湖之水，用赤壁之水，用史册中云梦之水，书写荆楚的新韵。"诗人把今天"京广线上贯穿南北的列车呼啸"与昨天"岳阳楼的兴毁""范仲淹的千古名篇"放在一起吟唱，竟唱得风生水起，朗朗上口。熊亮的文字很活，诗文充满活力。如果可以用一句话概括熊亮创作的特色，我想说12个字：点面结合、纵横大气、收放自如。

周口店

张新平

进化,来自天地致诚的无限之中。经历百万年的摇摇晃晃,你开始直立行走,用手拉开文明的序幕。

岩石。锋利。形态。迟到的感悟,在蛮荒中惊醒。第一次盲目地掷出石头。原本的冲动,竟然击退来犯之兽,意外获得食物。尽物之性,笨拙有了力量的触动。石擦石,迸溅火花,智慧被点燃,感受涅槃的第一丝温暖。用石块打磨石块。一次次形态,在随性改变。经历一代代人的抚摸,亲近,冰冷而粗糙的石头,变得细致如玉。

偶然的击石拊石,令吾心动,百兽活跃,群情亢奋。旋律,便第一次这样悦耳问世,搅动亘古平静。

血,不小心滴在石块上,凝聚成不可思议的风情。漫长的辨认,对色彩萌生第一轮感动。

历尽折磨,一些石块脱胎为历史,越来越重。更多经历风化的痛楚,变为形形色色的粉末,靠近轮回。

桂兴华

内容深刻,但是标题不突出。切记:标题是读者的第一印象。

一路无语在塔克拉玛干的漫漫长途上

张咏霖

一路无语。

从和田启程一路向北。疾驰的大巴相对于塔克拉玛干就是爬行。

你汹涌的样子阴冷的样子就是海。四野昏黄,天空昏黄。塔克拉玛干如果是海洋,大巴就是颠簸的舢板,我是随时被狂风巨浪掠去的一粒尘埃。

塔克拉玛干真的是死亡之海吗?

一路无语。

昏黄的沙漠起起伏伏,我衰老的脚步有一点点迟疑。丢落的手机一定不是祭品,一幅幅往事一段段情语是寄存,我还有许许多多年轻的日子呢。

我行走在开满生命之花的路上。牧歌孤独的影子,是不曾喑哑的沙峰;骆驼刺的反抗,为昏黄的沙漠点燃了绿色的火炬;且不说胡杨吧,一年四季,那些绽放在昏黄里的千姿百态,哪一个不是傲骨,哪一个不是芬芳,哪一个不是歌唱……

而绝望,在这里才是四面楚歌!

一路无语。

塔克拉玛干的完美被人类的一把刀无情地切割了。高速公路是疤痕,是梦魇,是癌症患者末日的疼痛,且将无休无止。

荒冢偌大。葬埋尊贵、名利,也葬埋虚荣、伪善;葬埋所有,也葬埋虚无……

沙子与沙子,没有等级,平等至高无上;沙子与沙子,没有拥挤,自由君临天下!

啊,我听见他们舒缓的呼吸了!

我还要赶路,我的故乡不知道为什么走丢了,我没有悲歌,哪怕一句;

我不能沉醉,我刚刚想起桃花源的方向了,我没有颂歌,哪怕一字……

一路无语。穿过沙漠下榻库车,几近午夜。回身向南,塔克拉玛干,我的心哪儿去了?

评鉴

桂兴华

突出的印象：层次分明，递进。隐喻，又凸显了想象的高度。思路随之奔涌，不可抑止，就说明找到了一条表达意念的捷径。这种滔滔不绝的写作状态，冲势足！抓得住读者。

在可汗山下断想

夏寒

我若把科尔沁大地,浓缩再浓缩,让我的案头能够放下。

它其实就是一张纸,但在这张纸上,我无法写上去一个字。

我即使挖空心思地去想,该去写什么?那么,也只有去写比苍白更苍白的四个字,那就是:苍白无力!

在这张纸上。

草,是唯一能表达内涵的文字,而深刻的内涵,方块字无法表达。

那一簇一簇的草,还有那一朵一朵的花,紧密地依偎在一起。花坐在草的肩膀上形成蒙古文字,也只有蒙古文字才能把它的深刻诠释。

我眼巴巴地,看着那些宛若一本盖世无双的巨著。试图用白天和黑夜,去一页一页地翻开。我也翻开了,可那些密密麻麻的文字,我仍然无法读懂。

我必须把它放大,让它复原,复原成一望无际的草原,让成吉思汗的十万铁骑,用飞奔的铁蹄,在那些文字的缝隙里,去填写逗号分号句号感叹号等一个个标点。

把每一句话,每一段话分开。

即使是这样,也只能让我不断去深思……

我知道,我无论怎样深思都是徒劳。

草原,无限辽阔,草原上,不仅有牛马羊有蒙古包有勒勒车,还有山川河流以及沟壑。而那山太高,那河又太长,可我手中的笔,没有那么高,也没有那么长。

我必须把高山压缩成一个人的高度,然后,然后再雕成成吉思汗的雕像,再把河流装进他的身体,这时,我终于发现,一代天骄——你并没有死!

你还活着!

你在你的子孙后代的心中活着,你在炎黄子孙的心中活着,你在世界人的心中,也依然活着!

死去的人不会说话,但活着的人,却可以让死去的人,继续他灵魂深处的呐喊!

成吉思汗,800年前在马背上的气息,是气贯长虹的言语。

800年后的今天,那气贯长虹的气势拉近,再拉近,拉到我们的眼前,把它放大再放大,放大成一座山。

山巍峨。他远比山更巍峨!

人们不是让他的身躯稳稳地坐在山上。

而是,让他的灵魂稳稳地坐在山上,你所看见的,那只不过是表象。

其实,他早就稳稳地——

坐在了人们的心里!

评鉴

费金林

诗人开阔的眼界,丰富的想象,深邃的思考,《在可汗山下断想》体现出来了。他是写一代天骄成吉思汗,但他更多落笔的是辽阔大地,无际草原,以及山川河流,于是这篇散文诗是大地和巨人融合的产物。但仅仅如此还不够,诗人说"山巍峨。他远比山更巍峨";还不止于此,诗人说"他的灵魂稳稳地坐在山上"。更进一步,诗人说"你所看见的,那只不过是表象"。"其实,他早就稳稳地——坐在了人们的心里!"递进,递进,递进。诗人的实力有新的展示。

走在古南丝绸路上

任俊国

(一) 远方,远方

青藏高原东南。

西南横断山脉东北。

触摸深黑岩石上的爨文,久远的记忆蝌蚪一样游进我的体温里。

阳光漫过古南丝绸之路,漫过坍塌的驿站和关隘,漫过散落在古道边的绿釉陶碎片,而碎片上的光芒属于雨过天晴的宋朝。

在苍鹰俯过的箭头上,在时间的深处,一队人马赶着一队人马,一座山赶着一座山,一条路赶着一条路,一山夕阳赶着一山夕阳,一段寂寞赶着一段寂寞。

马背上驮着茶叶、丝绸、陶瓷。驮着古老悠扬的马布声。

驮着远方。驮着 800 里苍凉。

终于,马鞭没能再一次赶起夕阳。而夜色苍老,也没能泛起一丝血色。

大山一样的夜色,挤压他们最后的体力,捶打他们最初的坚毅。

终于,一盏马灯捕捉了古道上的魂魄。

站在古城会理的城门口,一回头就收尽了山重水复,收尽了几千年的历史记忆。识途老马走进三关二十三巷。多么熟悉的街石,多么熟悉的呼吸,多么熟悉的人间温度。

一弯新月翻过十万彝山,挂在城楼上。月下那盏乡愁,比月淡,比酒浓。

他们交换货物,交换方言,交换信仰,交换命运。然后继续向南,走向滇缅,走向身毒国(今印度),走向印度洋。

陪伴大山的还是大山,陪伴孤独的还是孤独。

我和他们,从远方来,走向远方。

(二) 从龙湖雄关回到人间安详

一朵云,开在雄关上。

身登天云梯。太阳已在关口为我缴纳了通关的厘金。

我走在感恩路上。

在雄关之上,云和远天低下身子,千山万壑回过头来。

龙湖在左,绵延青山的倒影静静依偎进湖波,这多像母亲的胸怀,有着辽阔的安详。金沙江在右,泥沙俱下,仿佛有十万巨兽出没。

有龙湖雄关在,十万巨兽顺从了一条江的走向。

此时,我俯瞰的人间敦厚而安然,但我不愿意长时间站在众生之上,站在仰望之上,我必须沿着古道,回归人间温度。

有乱石从山体上脱落,打乱了下山的脚步,也裸露了生根于雄关、生根于彝族同胞心底的故事。

这是一条羊肠小道。这是一条和平大道。

岁月悠然,天地苍茫。当年诸葛七擒七纵孟获的故事就在这条古道上发生。擒的是狭隘和偏见,纵的宽容和大爱。

我采撷一朵索玛花,采撷一朵人间悲悯,走向古木参天,藤蔓缠绕,苔藓遍地的龙湖孟获殿,走进原始的古朴气息中。

走进月琴响起的古彝寨。

龙湖火把燃起来,光明向着高高的雄关蜿蜒。

评鉴

刘慧娟[*]

这两章散文诗,从本质上说,都是抚古怀今的诗意抒情作品。紧扣主题选取意象,一层一层打开想象,且一咏三叹,读来荡气

---

[*] 刘慧娟,上海散文诗学会会长。

回肠。

《远方,远方》,构思巧妙。"远",一是地理上的"远","青藏高原东南。西南横断山脉东北",这一个坐标已是常人的"远方"了;然后,是"……走向滇缅,走向身毒国,走向印度洋",丝路由此到彼,"远方"更远。二是时空上的"远",时间的一头远到宋朝,甚至更久远;然后,时间的另一头,一直到今天,还将继续下去。"收尽了几千年的历史记忆",把具体的驿站、关隘、城楼、古道,放置在漫长的时空里,构建出另类的"远方"。这个"远方"让人挂怀,是因为中间填充的"体温",苍凉、寂寞、孤独,行走丝路的人,扛着坚毅,扛着信仰。这个"远方"也因此随之高大起来,一种家国情怀,跃然纸上。从这个意义上说,这是一篇立意高远又写得较好的作品。

《从龙湖雄关回到人间安详》,单从题目上看,就是由实到虚,充满意蕴想象构建的散文诗。从"一朵云,开在雄关上"开始,把"人间安详"落实到"古彝寨",中间是层层推进的一波三折。龙湖、金沙江,千山万壑,"古木参天,藤蔓缠绕,苔藓遍地",发生过"诸葛七擒七纵孟获"的故事,这一条道路曲折漫长,是羊肠小道,又是和平大道。历经所有的艰难险阻,最终是为了人间安详,"虚"落到了实处。这章散文诗虚实结合得较为巧妙,想象较为丰富,加上语言与修辞的恰当运用,使文章增色不少,是一首思想性与艺术性结合得较佳的散文诗。

钢钎的自白

罗鹿鸣

我经过千锤百炼的苦难。

我不会化作绕指柔。我浑身钢筋铁骨。

于是,我用宁折不弯的头颅,去凿击愚顽,任火花石屑吐沫般飞溅。

于是,我在恶风淫雨前挺胸而出,在石崩山裂时翘首昂肩。

我平淡,像我硬邦邦的名字。

我骄傲,无愧为拓荒掘岩的钢钎。

我振臂疾言:"无论站着躺着,我都是一条响当当的男子汉。"

评鉴

张幼军

钢钎,我并非不熟悉。炼钢炉前的工人用它开炉放钢水；林县造红旗渠、郭亮村修绝壁长廊用过它；我当知青下乡务农，参与修水库上山采石、参与围湖造田排除巨石用过它……钢钎，一生产工具而已。提起它基本上没有什么感觉。留在记忆中的是，一次我背了几根用钝了的钢钎到打铁铺去淬火，从肩上放下往地上一扔时那敲心的"哐当"声响。如果硬要说当时有什么感觉，那声音像是钢钎在喊累叫苦诉委屈。

今日读罗鹿鸣的《钢钎的自白》似乎还真找到了些感觉。这是一个全新的视角，远远超越了"生产工具"的认知。原来，几十年前的那一次的"哐当"声响是钢钎的真情自白呀！他说，我是一个历经苦难之人，说经过千锤百炼一点也不夸张。"我浑身钢筋铁骨"这个你们都知道，但是，你们又有多少人能意识到"我用宁折不弯的头颅，去凿击愚顽"，你们更不知道，我在顽石上、愚笨的坚岩上凿眼放炮，往往将它们炸得粉身碎骨，它们是多么怨恨我吗？有多么地对我不屑吗？你们以为用我凿炮眼时，只见"火花石屑吐沫般飞溅"？那可是它们向我发泄胸中的怒火和以特殊的方式对我吐唾沫啊。我从来就不是懦弱之人，更不会化作绕指柔。在炼钢炉前，我经受了多少高温烈火的考验；造林县红旗渠、修郭亮村绝壁隧道，又要经历多少恶劣天气，每每这时"我在恶风淫雨前挺胸而出"；我凿眼把顽石、坚岩炸掉，它们会报复我，我害怕了没有？我"在石崩山裂时翘首昂肩"。我这个人吧，直来直去、硬邦邦，我人生平平淡淡，像我这名字，平淡无奇，你们多数人也许都是这样认为的吧！那是因为，多数时候，多数人已经忘却了炼钢炉前的我们，忘却了造红旗渠、在绝壁上修郭亮村隧道的我们，包括您这位小知青。当人们把我忘了的时候，我从没有因自己颜值不高、被人视为呆头呆脑的样儿而自卑过，反而"我骄傲，无愧为拓荒掘岩的钢钎"。反正，你们承认也好，不承认也罢，无论我站着，还是躺着，我都是一条响当当的男子汉！读着读着，我已是汗涔涔的了。感谢罗鹿鸣，以他诗人的敏感真切感觉到了钢钎和准确解读了几十年之前我听到的钢钎的那声"哐当"声响！那钢钎，当时哪里是向我喊累叫苦诉委屈呀，那可是他"振臂疾言"、骄傲的自白啊！但是，我更愿意这样理解：诗人是借了钢钎的自白来表达对中国的广大男子汉等众多劳动者们的热烈的情感！

太阳铁

马飚

像在太阳上,一切发着光。

高炉喷薄芳菲。爱祖国让灵魂高贵,体魄——进行曲般雄壮。想起父辈,我们的自豪多么年轻,铁水是春光里红土涨过海拔,已见秋日的黄金。星座,天空中最实在的泥瓦匠。

大峡谷——日子般悠长,用钢花村炼星相,绝壁酿造金红气势。我的家乡,初恋若夜莨麻,载重车:东风、解放,似手风琴砌着速度,金沙江肌肉里都是音乐。弄弄坪是动词,赞美你,铁是一块光——夜景是苍劲的自拍。

我看见白桉大婆娑,鹰是它的一部分,每片叶子在俯冲。

旱季是种冶材。

你劲草似的青春,似热轧板——我闪亮恋人。黎明是起重班工装,婚礼般隆重,天下每位工人,手势是不可轻视的壮举。我们身上的呼啸是爱,与力气的工龄在提炼、解密一种神圣——木棉树,有才的君子,守正得,把糖加进轰鸣。屏幕——工业河床,指尖波光优雅,似敲打世界的玻璃窗。

备件是历史剧——24小时,连续成冶炼工艺。

承担生活的轻盈,这另一种压强,1号转炉除尘大修,吉姆阿若班长说,把短讯写成诗行。看火箭、高铁飞动,光阴上,有我们加工的部件:锻坯、铝挤压壳——镇静浮躁尘世,金属是集体,很乐观,钢铁怀孕前程。

出铁之光,通假蛮荒的生机,人烟里都是梦想:胸怀制氧机,影子都是热的。

金沙江比天年轻,银江镇诞生,管线舞蹈组成,大诗篇起伏,天空、天空。思考也产生:焦炉气的形而上——甲酸、乙醇。用生铁酿白葡萄酒一样的:耐热临氢/钒钛钢。

钢坯在生长,似松香味唐诗,爱上电弧。操作工,用机油做劳动的显影剂。

机床替我磨损,中盘、绷绳,光阴般被绑住,如星空有光芒吸附。多少青春划过这片山河,大海掠过头顶,我与父亲,在蓝色的辽阔上交接班——翻开风云的记录簿。

夜班加工天上之物:旧轴承、小推车——多成大构图,推动苍茫,所像的动物是它们魂魄的属相。管线坚固的——延长闪电。

施家坪。像恒星在穷尽一生,苍穹有冷轧板的优雅,编排:螺栓、橡胶油管,象征主义物料。工艺,人的心电图:语言新逻辑——家电板,似道德经做卡片。重轨,带给道路以热情。

我怀念车间理想状的铁门铃,脊柱有电流——竖琴齐鸣。

通勤车是不竭劳动力。工人很高贵,穿着大头鞋,晃动的脸,像铁锤用冲击思考,世界又进步一寸。漆包线,女工的刺绣——大工业如此通透,喂养的铜,吐丝,超导让人高亢,焊工梦复原星空。夜里电钻,有小旋风,做魂魄滋滋短路。

黄昏,在加工太阳部件:热风炉、喷煤,原料场堆满金色,一天将尽我看出世道,神圣来临,金沙江为太阳沐浴——我的19岁,肌肉发光,家乡载着这些同行。瓜子坪天桥,湛蓝的额头,白桉布景——17台电铲似想象力,可磅礴绝壁般雄心,山峦剥离出生活体重的自由。

评鉴

桂兴华

优秀诗人写散文诗,为何易出佳作?因为:诗是散文诗的核心。"纲举目张"。举起了诗,都是一只只独特的诗眼,不断闪着清爽的光。于是,题材虽然旧,新意依然袭人。怎么写,历来比写什么重要。之所以有非凡的力度,是因为语言的凝练,意念的深邃。诗人,应该同时是一个思想家。作者是"新工业诗"的倡导者。我鲁迅文学院的同学。勤奋,刻苦。创新意识强。篇章杂,短句多,意象缤纷。对他来说:我是不怕他写不出,而是怕他写得太多。诗意这么汹涌,有时候水龙头自己要关一关。

莫高窟

孙重贵

进入莫高窟,进入佛的大千世界。

一座又一座洞窟,一尊又一尊彩塑,一幅又一幅壁画,连绵不断,精彩绝伦。

弥勒经变、福田经变、宝雨经变、楞伽经变、法华经变、涅槃经变……分明是一部宏大的佛教经卷,在我的眼前一页页悲欣交集地翻过。

千年营造,留下千年辉煌、千年传奇、千年忧伤、千年悲凉。

北朝、隋唐、五代、西夏、宋元……莫高窟于千古时空中交替延续,不同时代的风尚,汇集成斑斓景观,中外民族艺术水乳交融,凸显了中国佛教的厚重与灿烂。

难抵岁月侵蚀,风沙中莫高窟渐渐衰败,最后,竟沦为一位姓王的道士掌控。藏经洞的发现和文物的流失,让莫高窟蒙上难以承受的屈辱与无奈。

飞天的妙曼舞姿,让我从沉重中苏醒,我仿佛置身鼓乐齐鸣、天花乱坠的法会。一叶一菩提,一花一世界,一砂一极乐,一方一净土,一笑一尘缘,一念一清静。

是金子总会发光。今天,王道士早已腐朽。闪光的是莫高窟,不朽的是莫高窟,传奇的是莫高窟!

评鉴

桂兴华

作者生活在香港,喜欢旅游,写作勤奋,词句久经锤炼。旅途中你依旧敏感。在智者的面前,题材是不分新和旧的。建议你的修辞手法是不是可以更加丰富一些。

祖国的拥抱

陆 萍

爱尔兰都柏林的街头,深秋落叶清冷。

我们一群人走着。当一个黄肤黑发的妇女与我擦肩而过时,我俩不意间对上了眼神。一时大家都驻足不前。分明由相互的黑眼睛和黄皮肤,想到了我们中国的长江和黄河。

"你是哪儿的?"她声音哑哑地问。

"我从上海来。"

"我的老家在河南。你们是来旅游的吧?"我点头,指指后面一拨人。

"你是去上班哦?"我体谅着,轻声问。

她肯定地点了一下头。两秒钟里的眼神,很多内容在倾诉。

我说:"你出来也真不容易……"

不想她立即泪水汪汪。仿佛是积累多年的情绪,突然涨潮,向我涌来。我心里一热鼻子发酸,不由脱口而出:

"我刚从中国过来。让我给你一个祖国的拥抱!"说着,我上前紧紧拥抱了她。

在中国,我是中国的十四亿分之一,而在国外,我就是中国。

她用力地使劲点头。

仿佛"他乡遇故人",她眉眼里的辛酸溢于言表,将我抱得更紧更紧。滴在我手臂上的泪,火热火热。

大清早,素不相识的我们,忽然就在异国街头抱成了一团。这萍水相逢的一刻……这一刻,我们都感觉到对方的心海里正大潮澎湃。

真情拥抱中,言语似乎多余。

同行的一拨旅友,在后面惊得目瞪口呆,他们不知道这两分钟里发生了什么。我身边的先生阿东,将一切都看在了眼里。他说:

这一刻,肯定是我们今天旅程中的红黄蓝白黑张扬到出离色彩,之后忽而又回眸驻足,轻声曼语给曲径通幽……

王
怡

陆萍在出国旅游途中,偶遇令人激情难抑的一刻。她平实地记录了这个场景,却让我们回味深思。只有一个相互打量的眼神,只有一句彼此问候的中国话,竟然让两个陌生人紧紧相拥,似乎成了一对骨肉相连的姐妹。作者文字朴实,篇幅短小精悍,点睛之笔是:"我刚从中国过来。让我给你一个祖国的拥抱!"

第三篇章
深情儿女

永远的黑蝴蝶——听《梁祝》小提琴协奏曲

叶庆瑞

G 同窗共读

阳光的四根弦,泻出一个晶亮的早晨。

静坐的听众是一片无声的森林。

音符在弦上雀跃,唧唧喳喳将心房当作它们的巢。灵魂被啄得痒酥酥的。

梁祝被鸟声吵醒,开始同窗共读。我们被音乐吵醒,开始共读他们的故事。

故事在童年时期总是很美的(长大就会生出悲剧),美得宛如梁祝的长相,令人见了心跳。

他们彼此熟读了对方,最难读懂的还是自己。

自从那扇窗被音乐吹开后,就再也关不上了。

窗外的春天,萌动着一种诱惑。

回忆开始寻找曾经属于自己的那扇窗。

D 十八相送

钢琴乳白色的键是祝英台走向故乡的石径,那踯躅的足音踏出极有情致的慢板。

狭长的单簧管装不下梁山泊的太多叮嘱,从笛孔里不时溢出来,汩汩流进一个个心湖,漾起一圈又一圈的缠绵。

所有的风景,都被阳光译成别离的诗,一行一行,挂在竖琴上。

长亭接短亭。十八相送的路很长吗?在他俩眼里,仅有小提琴四根弦的长度。

路,断在休止符里,消失在遗憾尽头。

我真希望他俩永远走下去,走不完那一段音阶。

我坐在弦的田埂上痴想,不愿随他们走向下一个乐章。

A 楼台会

那楼台一定是座广寒宫,很高很高,音符爬着高8度,气喘吁吁。

冷月一轮,沉默成一张苍白的鼓面。

有焦仲卿、刘兰芝、陆游、唐琬的阴魂在琴弓上徘徊。小提琴向隅而泣,大贝斯失声恸哭,于是乐池顿时涨潮。黑键与白键叙述白天和黑夜的相思;

长笛和短笛发出长长短短的叹息。

有手指在揉,捂不住笛孔的伤口流出的绝望。

同情的泪再也忍不住,先于梁祝,纷纷跳楼,碎成一瓣瓣清白的露珠,给围剿的黑夜看。6月,有寒流奇袭每个人的心头。

E 破坟化蝶

一朵青春,毁于无情的风雨。

那一柄闪电,就暗藏在云后。

死也甘心,坟不是生命的休止符,分明是人生隆起的不平;

弓,披着长发。一个女子的头颅撞向墓碑,让所有善良的心都隐隐作痛,痛了几个世纪。

悲愤的铜钹和铜钹相撞;发怒的鼓槌和鼓槌相撞;

所有的乐器都亢奋得发颤,向着罪恶发出可贵的一击。

世界震撼了。

一对黑蝴蝶飞出五线谱,在音乐厅的上空翔舞,羽翅带着春的气息,从一颗心飞向另一颗心。

思念也纷纷起飞,飞向美丽的憧憬。

爱,永远不会死去,这一对黑蝴蝶从传说里飞来。飞呀,飞呀,最后栖息成中国人的一对黑瞳仁。

注:G、D、A、E为小提琴四根弦的符号。

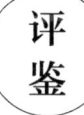

评鉴

桂兴华

该文构思别致、巧妙,以小提琴四根弦为框架,拨琴弦抒情,贴切。创作是需要草图的。写的过程中，不断完善。作者如果老操着自己的旧调，是无新"我"。作者如果总沿着别人的思路，则是无自"我"。气是已经拥有 90 多年历史的中国散文诗的一个要害，"气可鼓，而不可泄"。

我想起 1980 年代初，在《文学报》阅览室翻阅《南京日报》，发现其副刊上每期都刊登散文诗。我投稿，编辑回信署名：叶庆瑞。他于 1942 年出生。南京人。初相见，他腼腆。后来在车祸中幸存。逃过一劫的他挂着两根拐杖而行，精神饱满："我用另一种姿势走路。"他后来主要精力转向摄影了。他对我说："你还得多写些。我跟现在的青年作者讲：你们不知道：1980 年代的诗人是怎么的精气神！"

静听春江花月夜

霜扣儿

　　什么人听到,一曲如烟,缠于目光的翅上。

　　弦若流云,顺水而下,幽蓝的月亮滑进指尖。着白衣的女子托起长袖,任一缕微光,绽放出无数兰心。

　　青丝一握于你手中,千年后,桃花墙外,柳叶收留春风,送一声失而复得的问候。

　　一定要说城堡,你的旧家园。淡黄的砖在你脚下,长长的铺陈。

　　春江近时,琴未必响,但你走过时,足迹踏水,芳香的唇语飞如落花,一瓣瓣,染红胭脂。

　　菱形镜披起温柔的水草,千万条清水全部入怀。

　　歌起了,遥遥相和,前世今生开始联袂。

　　塞外,一下子比天涯还远了。

　　刚回江南的燕子小声说:它有点想家。

　　或者帆影,就是背影。

　　修长的延续着水的波声。

　　来来往往的,那春情或春愁,恰如蕊中悄探的小手,轻轻一摆,天就热了,蝶就来了。

所有盛开的,在沉默中,成为被爱的王。

向北或向南,都不是最终。水的柔指,月的锦衫,春的缠绵。

多情人的眼睛点亮小巷的灯,一盏,就是一层小小的阁楼。

悠远的钟声,跳上伊人掌心,细眉未描呢,窗子下,一朵莲花欲开,鲤儿却睡了。初听,时光停了。

又听,一袭清辉如川而来,淹没我,人亦飘飘。

王怡

读霜扣儿的诗,有一种才气和浓情扑面而来的感觉。她的《静听春江花月夜》,更有这样的独特魅力,细腻浓情和大起大落同时展开:"一曲如烟,缠于目光的翅上""塞外,一下子比天涯还远了"。作者构思新颖独特。同是以春江、月光、花朵、归人为背景,唐人张若虚的《春江花月夜》宛若一张巨幅山水画,句句有景;而今人霜扣儿的《静听春江花月夜》便是一曲清新明快的民乐合奏。两者"遥遥相和",开始"前世今生""联袂"的尝试。

　　同样是抒情,唐人张若虚在字里行间充分传递景中人的惆怅、忧伤、无望的相思和生命的凋零;而今人霜扣儿则在行云流水般的描述中,抬起了如烟向上的目光。她写女子的手是"绽放的兰心",写人声是"芳香的唇语",写"归人"是"燕子""有点想家"。她笔下的花是"蕊中悄探的小手",成为"被爱的王"。她写相思情的结果,是"点亮小巷的灯""一盏,就是一层小小的阁楼"。霜扣儿的这首散文诗,给观赏江南美景者敲响了时代的钟声,也向有着深厚积淀的古诗瑰宝,送去了穿越千年的问候。

观越剧《红楼梦》

鲁 櫓

我跻身人潮翻涌的今世,总要迎来和送走我的一份份温暖。我遭遇广大的你们,这样的聚合离散,可否就是前世的预谋。

繁华于我,已是大漠。就这样在车流熙攘、人群奔走的街市坐下,我看不见谁,也不对谁微笑,我的目光在千里之外,也在方寸之间,头上是难得的晴天,身边是微微的和风,这样的时刻,值得我静静地躺下,值得我做一个梦,梦里江山万里,有三两户人家,接纳了我征途的憩息。我吟哦了美丽的风景,头枕松涛,想象白鹤展翅,一片羽毛,足够我书写关外青山,峡间流水,和那唱歌的山翁。

沉于戏去吧。在 300 年的古戏台,"演悲欢离合当代岂无前代事,观抑扬褒贬座中常有剧中人",随宝哥哥疯魔一回,与林妹妹诗性一回,大观园盛极时花团盛宴,看台上台下都是笑脸春风;我不说盛宴必散,你看宝玉掷掉了"通灵玉",大幕放下,漆黑无边,座中寂寂,天天死,天天生。我们也是剧中人,疯魔哭笑一回,做不来他人,做自己不易,活着就是矛盾和悖论,本就是一张脸谱,你爱耍就耍,有一天不耍了,人死了。

我们该扔掉什么,轻松出门,抬头看天,天无涯。莫要回头,身后的大戏门业已关上,明天又是一台新戏了,明天的大幕又要拉开……

评鉴

刘慧娟

诗人运用自己驾驭散文诗语言的能力及自由出入散文诗意境的丰富经验,将人生思悟作戏剧化的渺远,并将短时间低头思忖的叹惋,收放自如地投掷到思想所及的视线。从写作散文诗的技巧上,她已经实现了写作上游刃有余的程度。

所谓散文诗,就是由小到大、由点到面的过程。作者将看不见的内心世界,通过独特的语言艺术,将所要表达的场景,指点得点点入心,丝丝入扣,感情若隐若现,思想清楚明了,浩渺荡漾。一句话,就是将读者带入作者所要表达的思维境界,这就是散文诗艺术精妙的力量。诗人鲁橹的本章散文诗,已经达到这样惟妙惟肖的艺术效果。

"活着就是矛盾和悖论"。一语惊人,构成本章散文诗的中心句,起到"诗眼"——呈现中心的作用。既深刻又充满哲思,让读者回味并感慨万端。

唇

耿林莽

唇是人体中柔软的部位,她是门。
当她关闭,谁也拨不开。

唇:
唇是大海波涛中飘摇的小船。哦,不,
温馨的话语,从那里流出,她是一条潺潺的小溪。
每当社会遭遇动乱,话语四周危机四伏,便会引来一场灾祸。
小心翼翼的人们,唇之门常常紧锁。

有朋自远方来,不亦乐乎?
两个人却坚守沉默,相对无言。
唇!那两片鲜嫩的叶子,在轻微抖动,
哦,抖动!
抖动的叶子,渐渐靠拢,靠拢……

评鉴

桂兴华

他飘飘然的思潮还如此喷涌、多姿,令人佩服。他出生于1926年,江苏如皋人,著有《耿林莽散文诗选》《五月丁香》《耿林莽散文诗精品选》《醒来的鱼》《耿林莽随笔》《飞鸟的高度》等。曾担任中国散文诗学会副会长。评论家们均赞其"诗风冷峻,理性内敛,语言灵动"。好一棵散文诗坛的常青树!这一界别的飘逸者,非他莫属。

有什么样的眼光,就有什么样的领域。诗人,应该同时是一个思想家。高手才拥有一等一的思路。我们与耿老的差距,主要在格局上。无论什么题材,为什么在他的笔下都这么触目惊心,令人深思?心到底有多大?他张扬的诗意,成了创造力不分年龄的证据。他始终在前沿阵地。老一辈作家中,他是具体推动当代散文诗创作的第一人。虽然他已于2023年春天逝世,但我总觉得他没有离去。

"火焰向上的姿态,如山。当她飞动,恰似一只鹰。剪开或者抽搐,阔翼驰奔,那尖尖的嗽,啄破了什么?一千只一万只萤撒在了虞渊之壁。草叶枯黄,夜的眼却绿得很深。普罗米修斯的眼睛,一亿年前和一亿年后,都在动着。有一种灯,不点自明。……"完全是少女之思啊,哪像个老者!设计当代散文诗的语言大厦,施工方案、建筑材料都得更新。耿老在这方面是个典范。惜墨如金。散文诗可以像宋词一般美。他首先淘汰了豪言壮语。不能老依恋那些旧砖块。得装玻璃幕墙、装无限网络。散文诗必须是今天实实在在的这一幢。否则,吸引不了青少年。

青岛,因为有了耿老,才有了一群卓越的散文诗作者群。在哈尔滨,我见过他第一面。感谢他为《当代青年散文诗人15家》分别作了十分到位的点评,使我至今受益。摘要如下:《南京路在走》堪称他的代表作,其精髓,是"在走"。从选材、构思的新颖到处理的机智,都值得称赞。如要提一点要求,便是:"同志,你慢些走!"从容些,含蓄些,诗情可能得到更充分的舒展。

听君一席话,真是胜读十年书。就像学开车的,知道今后该怎么把握方向盘了:往哪开?怎么开?哪里得慢?哪里要避?哪里须绕?

蚂蚁与骆驼（外三章）

李耕

招聘的门槛太高，只有骆驼，跨入门内。

两尺高的门槛，是蚂蚁仰望的珠穆朗玛。

沮丧的蚂蚁并未沮丧。蚂蚁悟出了一个道理：自己的丝绸之路，在自己世界的自己的脚下。

蚂蚁，扛起体积比自己大十倍的米粒与骨屑并爬入门槛。

蚂蚁对骆驼说：我，并不逊色……

啄木鸟

匍匐在老梧桐的皮肤上啄了半日，啄得我骨节肌肤疼痛。

啄木鸟啄梧桐，是好意。啄去寄生小虫，老梧桐可以多活些时光。

啄木鸟并未直接啄我，似在暗暗示意：汝之沉疴难释，需认真寻医问药。

我为之沮丧并苦笑：

汝不知，今日良医难求，药又太贵，

汝,就直接在我的老皮上啄下去……

少女的黑森林

蓬蓬松松的黑森林是少女的一蓬蓬秀发,有火焰,欲在此渴求憩息的小屋一杯咖啡一瓶啤酒或一盅威士忌。

急于点燃梦之火的鲁莽的骑士,未必能喝到这林间甜水。

风

18岁的鸟,翻印出1 800次不老的风,飞在自己微笑的灵魂里。

鸟,是有翅羽的风。

鸟之风,飞一万里又一万里,破开险峰激流,破开栅栏碉堡。

飞往未来的自己选择的巢。

巢的村庄,是无殿宇的村庄,

巢的岁月,是无拘束的岁月……

评鉴

桂兴华

李耕先生的散文诗质量好。好在有思辨性，凝练，不肤浅。而肤浅，会让许多人看不起这个品种。我试过：好的诗能改写成散文诗，差的诗就不行。同样，差的散文诗想改写成诗，往往徒劳。什么原因呢？也许：优质奶，加适量的纯净水，能制成另一种精品奶；奶不上乘，第二道工序就难了。

散文诗要有警句。警句是有力度的表现，是思想的量化。警句的朝阳在抒情中自然而然喷薄而出，最佳。以此可见：用形象说话，是散文诗的入门证！

李耕，原名罗的，笔名巴岸、也罗、白烟、于冷、琴弓等，1928年生于南昌。1940年代末开始写诗并主编报纸文学副刊，文学丛刊、期刊。曾任江西省作协副主席、中国散文诗学会副主席，1990年离休。著作有散文诗集《不免的雨》《梦的旅行》《没有帆的船》《粗弦上的颤音》《燔火之音》《暮雨之泅》《无声的荧光及老树三叶·李耕卷散文小品选》《篝火的告别》等，并主编《十年散文诗》

《中外散文诗鉴赏大观(现代卷)》。他1950年代曾受到不公正待遇,作品多"苦歌",但悲壮、有力,鼓舞人向上!"独秀,是个性的美丽"!1980年代,他主持的《星火》月刊以及和他儿子罗丁主持的《南昌晚报》副刊,发表了许多有质量的散文诗。如今,他已84岁高龄了。古稀之后的这10余年,深居简出,几近足不出户。

他1990年代初写过一首打油诗:"瓢斋蜷一角,闹市独寂寞。闭门三界静,开窗四极阔。"他表示:我执着于散文诗这一寂寞领域,不是由于自己觉得散文诗这种文体在未来会有如何好的前景,而是觉得自己适宜于这种表达形式——写自己想写的东西。坚持下来,蜷于一角,默默耕耘,从未想过以此去"轰轰烈烈"或"名垂史册"。我对这点是异常清醒的。我的生活相对"简朴",而写作又相对"勤奋",大概是"享有,让它少些;付出,让它多些"这样的生存观念在起支配作用。郭风是我所尊敬的前辈散文诗作家之一。郭风的作品崇尚清淡,将生命的种种(一草一木一虫一石),蕴于一种异常温馨、亲切、挚爱之中且不见"火"气。

我与他在哈尔滨、上海复旦大学见过两次面。人瘦,但很精干,就像他的散文诗。

建筑工（外一章）

海 梦

站在脚手架上，你是世界最高峰。

昨天，这里是一片荒地，你用汗水和智慧粘合其岁月失落的碎梦。

一座又一座美丽的城市，从你指尖上诞生。

头顶蓝天，脚踩白云，你忘记了身边的危险，把心中的蓝图看成自己的生命。

一年四季，365天都与水泥、钢筋、木板为伴，每一块砖头都印着你的指纹，每一滴水泥都掺和着你的心血与爱情。

当温柔的阳光流经你昨夜的梦幻，你轻轻推开油漆未干的窗子，让阳光洒进来落户。

然后，拍拍身上的尘土，两袖清风，又走向另一个新的工地。

白马泉

白马在哪里？我掬一捧清亮的泉水、一朵云，飞在我手上……

我惊骇了!手一松、一串珍珠滚落进泉里,吓飞了一只青色的水鸟,把一个古老的传说留在我心上。

我拾起一片翎羽,上面写着我读不懂的文字。但,我找到了童年那个青色的梦和我失落的黑发……

我纵身跳进水里……

于是,我明白了,在我立在水中的时刻,才是人生真正的开始。

我这才发现,我正骑在白马背上,去追寻那远飞的青鸟,胸前银色的波浪,就是抖动的马鬃。

桂兴华

他的散文诗创作总是在默默前行。凝重的诗句,浓缩的美丽。老诗人虽然两鬓白发,想象空间还十分广阔,还在"拾起大海在风浪中丢的耳朵",证明他的散文诗创作笔力充沛。他说过:"路,没有尽头。"我有时候会想:在柯蓝、郭风先生去世以后,要不是海梦先生强劲而且有效的组织能力,中国的散文诗阵地会是一种什么景象？多亏中外散文诗学会及《散文诗世界》的日益壮大。他理所当然地成了领军人物。他发起的一系列活动反响强烈，尤其是他联合《文艺报》、现代文学馆，河南人民出版社举办的纪念中国散文诗90年作品及人物评选，功不可没。

作为出色的社会活动家，他给我的印象总是：西装笔挺，领带鲜艳，声音洪亮，不像一位80多岁的老人。1990年代，他在广州编《散文诗报》时，就发过我的作品《青年船长》。2006年，他曾写信给我，请我参加中外散文诗学会。后来见面时，他手中的小照相机没有停过，完全像个小青年。可见：一个人对生活的态度，决定了他对文学的态度。

殿试

龚学敏

（一）

在前面领路的，是那只梦中出现的狐吗？星光们在头上拥挤着像是一扇扇的寒窗，成了天上的玉。很暖的玉，像是木几上的烛，和闲书中的女人。注定的光芒，掩盖了所有的烛，烛的泪和她的影子。如水的声音湮灭了在书上面种植香草的细手。那叶盛满了月光的舟。在家乡的草庐边，那滴水和她凌凌的光，已经老了。

（二）

蝇头小楷们把整个身子齐齐地匍匐在白净的纸上，10年了吧。从南边被楫，击打过的春水上滑过，从石桥上人面桃花里那一笔浓浓的余晖中走过，恍然之间，已是满地如霜的青砖。一块砖，一块砖一样地铺着。灰色的手，还有仅存的思想把所有的光，点在那柄金黄的烛上。灯芯，是所有文字的心，是所有会写字的书生们历练了无数个寒暑的心。并且，如此空旷，如蛰伏在檐上的那一抹回音。

哪一滴雨击落了那只在传说的梦魇中说话的虹。

(三)

每一棵想要成为大树的书生,把佩在腰间的目光和想象的剑朝四处抖落一番,在树荫中回首时,才发现眼力所及,被泼过四本书和五部经的水洗涤过的眼力,所能及处唯有,脚下移不动的树荫。

(四)

只有一棵大树,一棵用它的手,可以点燃100支书生的烛的树根深叶茂。把100支书生点燃成星星的烛之前,上万支的蜡,被它掐去了芯。

桂兴华

有画面感,就在视觉上有了冲击力。这就是你:集中笔力的成功!惯有的气势。在构思和语言上也富有爆发力。"蝇头小楷们把整个身子齐齐地匍匐在白净的纸上""想要成为大树的书生"等,拟人手法运用得如此精彩,实在令人叫好!没有空泛的议论,在叙述过程中,已经表明了你对历史事件的具体看法。而这一切,都依赖于想象力。没有想象力,是无法进入这场殿试的。

考古一个村庄

晓弦

考古学家像个仙人,在村庄龟裂的大晒场运足气,借古道热肠的线装书的浩浩乎洋洋乎,说这是一个贵妃样典藏的城池。

像默写村庄的天文地理,他在村庄仅存的一面灰色土墙上,用碳笔记下:道路、城墙、楼台、学宫、府衙、道署、寺庙、水塘、沟渠、牌坊、古树、闸前岗、府前大街、田螺岭巷、花园塘巷。

他像熟稔于心的甜点师,将芝麻葱花疏落有致地撒在烧饼上,他记下村庄的胡须、眉毛、嘴巴、鼻梁、额头、青春痘、美人痣,记下男人醉生梦死的花翎与官衔,以及欲望喜悦的荷包。

100年前,300年前,500年前……他把这张烧饼烤得焦黄诱人。

他说1 000年前,村庄是个馥郁馨香的处子,眼神清澈,肌肤水滑,丰乳肥臀,腰如丁香;

他是岁月的间谍,和时间的特务;他一现身,便带来一出精彩的谍战戏,令用心者喟叹,用眼者唏嘘,用情者春心萌动。

评鉴

周维强

晓弦对"仁庄"怀有深深的感情。散文诗《考古一个村庄》是《仁庄纪事》的一个章节。诗人借助"考古学家"的视角,还原一个村庄旧时的模样,包括它的古老与沧桑,怀旧与记忆。诗人把对村庄的情感,浓缩在那最初的想象上。考古学家的视角是一个引子。诗人之所以没有从自己的视角去审视,而是借助"考古学家"这个引子,就是想写出别具一格的诗意,写出更为客观的思考。全文修辞准确,立意鲜明。像"记下村庄的胡须""村庄是个馥郁馨香的处子""岁月的间谍"等用词新颖,将村庄拟人化描述,让我们感受到了那份真切与新奇。

桂兴华

"仁庄",是作者宝贵的情感根据地。一个系列,汹涌而至,局面十分喜人。说明这个点精准,矿藏丰富。继续挖掘诗意吧,这个品牌的茁壮成长,完全可以期待。

讨饭——1970年安徽农村插队日记一则

费金林

过年的时候,社员各家轮流请知青吃饭。

吃到后来,我发现这米饭都是蒸出来的,不是煮出来的。

队长的儿子悄悄告诉我,那都是外出讨饭要来的。分给各家的那点口粮都留着,开春下地干活时吃。

我大吃一惊。

我的胃,马上不舒服。

讨来的饭,放那么长时间,就是不坏,也脏了呀!他们回来就放在太阳下晒。要吃呢,还要淘一下,淘了再放锅里蒸。没事!果然,我发现社员家门口真晒着一堆一堆要来的米饭。

心,不舒服了。不过最后我们还是吃了这顿饭。不吃就会饿肚子啊!

我坐在门口拉起了二胡。《智取威虎山》选段,把队里的小伙吸引过来了。

他们说,拉二胡讨饭,着!原来出门讨饭,要唱讨饭歌的。他们拉开嗓子唱起来:"你是我的爹呀,你是我的娘哪!来到了你家大门口啊,小狗咬我们哪……"

穷的祖祖辈辈,都习惯讨饭。冬季农闲是惯例,村里人几乎都走出去了。大都往南走,到合肥,去芜湖。要来的饭如果有剩下的,会装进寒碜的布袋里。

明白了:田是生产队的,收多收少,与农民没有多大关系。反正,最后有一条路:外出讨饭。

我们,不能跟着去讨饭!

桂兴华

散文诗要敢于直面人生,反映现实生活。这一节是本书中唯一涉及知青题材的,写得非常直接,有细节,尾句很有力。散文诗反映社会底层生活,值得提倡。我当过知青,深知当年生活的艰难,因此选了这一篇留下岁月痕迹的日记。

陪父亲回家（外一章）

向天笑

以前，陪父亲回家，总是让他老人家坐在副驾上，这一次我坐在副驾上，他躺在担架上。

以前，从来不告诉他地名、路名，他自己知道的都会告诉孙子，这一次，他再也看不见路了，只有我坐在前面告诉他。

上车了，出医院了，到杭州路了，快到团城山了，过肖铺了，快到老下陆了，新下陆到了，快到铁山了。

沿途，就这样不断地告诉父亲，让他坚持住，祈祷他能坚持到家，铁山过了，快到还地桥了，过工业园了，潘地到了，矿山庙到了，张仕秦到了，马石立到了，车子拐弯了，教堂到了，向家三房到了，向家上屋到了，严家坝到了……

沿途的地名越来越细，离老家也越来越近，前湖肖家到了，吴道士到了，后里垴到了，快到家了。

车到屋旁的山坡上，大父亲九岁的二伯，坐在小板凳上等他，我也告诉了父亲。

救护车以20元钱1公里的价钱，一路奔驰，只花了48分钟，一分一秒，都让我提心吊胆，幸好父亲很坚强,坚持到家了。

守灵者

一起打工的棋友,因为脚手架意外倒塌,走了。

他在工友的灵前摆开了楚河汉界,他用左手替他下,一步、一步,认真地算计,今晚的左手属于他了,特别灵活,右手感到吃力。仿佛那个工友还活着,只是不肯起来。

满盘都暗藏杀机,每一步之后都是陷阱,他呆呆看着,左手同右手较量,仿佛两只手都不是自己的,自己只是一个看客。

他用粉笔在桌子上画着输赢,还没有计算出结果,天就亮了。他呆呆看着,感觉工友像一枚棋子,走远了。

他也走不动了,在无伴的路上。

评鉴

向天笑

2013年8月22日早上,租私人的救护车陪同父亲返乡,7点多到老家，父亲的神志一直很清醒，知道到家了。父亲的灵魂12点12分升天了！刚开始的十来天里，我始终处于恍惚迷离的状态，不相信我深爱着的父亲就这样走了，就这样永远离开了我们……此后的5年里，我用心写作了近30首，寄托我的哀思。《陪父亲回家》只是其中一首，我相信亿万国人都有我这样的感受，但以报地名的方式直接切入，绝对是我的首创。

另一篇，则是我在2012年，网上向桂兴华诗歌工作室发起的"中国散文诗无名作者征文大赛"的投稿，没想到获得了一等奖。

苗雨时

诗主情，尤贵真情。真情是成就一首诗的先决条件。但有真情也未必是真诗。它需要审美的浓缩与升华。向天笑的诗《陪父亲回家》，正是这样一首既写父子情深，又经过诗化处理的优秀作品，感人肺腑、催人泪下！很显然，此诗不是父亲去世时立即写作的，而是在剧烈的哀痛已过去，他平静下来，痛定思痛，将记忆与现实结合起来，去回味和放大已有的悲哀，重新唤起那份"抓心"的感动。然后，把这经由艺术沉淀的感情，用近乎直白、平实但有呼吸脉动的文字朴素地表述出来，从而完成了诗意的凝结和话语的形塑。在这首诗中,诗人并没有铺开写父亲颠踬顿跛的一生,而是把笔墨集中在陪父亲回家的过程里,因为这是生死之交的包孕时刻。父子情深,是灵魂与灵魂的交感,是血脉与血脉的流贯,是生命与生命的续接!集中、细节、浓烈,成就此诗的艺术风范!这也正是这首诗长久的艺术生命力所在!

抬父亲

周鹏程

父亲伐木的银斧锈迹斑斑,林场月色朦胧,森林静好。

我们抬着父亲,从县人民医院出发回长林沟。

父亲不再高谈阔论,不再训斥我们讲不好《三国演义》里的故事,不再关心我的高考成绩,只是断断续续呻吟,夜风陪伴他的声音在山谷里迂回、跋涉……

抬父亲的两支竹竿嘎吱嘎吱作响,像一只简陋的摇篮在夜色中晃来晃去。

母亲脚步匆忙,和我们聊着,聊被时光掠走的父亲的肺以及被贪婪吞没的村庄。

"回去!我要回长林沟!"父亲在呢喃,像一个士兵梦想回到军营。

"快了!快到了!"干枯了眼泪的母亲边走边哄。

此时,我的亲人都汇聚在回长林沟的路上。

一些人喘着粗气,一些人默不作声……

26年了,这情景历历在目。我又梦见父亲回来了,他端坐在院子中间。

费金林

  周鹏程把《抬父亲》写得简洁而凝练。这一路,从县人民医院到长林沟,读者看到了父亲在衰老,儿子在成长。知道那些寥寥数语的文字背后,在 26 年的漫长岁月中,父亲就是一棵大树,一座大山,是作者一家的脊梁。如果想象再丰富一些,作者写的,不就是中华文化意义上的父亲吗?衰老而倔强的父亲,"像一个士兵梦想回到军营"。很棒!

检屋漏

海叶

把两架木梯子绑接在一起。下面,还要垫上两块厚厚的土砖,才可以够到被炊烟熏黑了的瓦檐。父亲踏上去,一级一级向上。

我在下面双手扶住,仰望他散发着烟味和汗味的灰色外套。

一排排整齐的青瓦,由低往高延伸着。窄窄的下水槽里,积满了陈年的败叶和枯枝。枯枝败叶上,还铺着一层薄薄的霜花。

这处屋漏,像顽疾一样搁置多时了。以前父亲抽空只在屋内用长竹竿,做些小手术,但总是旧病复发。以至泥墙上,已留下了一抹深深的沟痕。

深秋的早晨。太阳,正从屋后的草垛上升起。

父亲弓着腰在屋顶上,对着手使劲哈气。还不时搓搓双手,并回过头要我站远一些,当心溜下的碎瓦砾,砸着了我光光的脑袋。

父亲直起身子时,刚好头顶上掠过了一朵干净的云。他应该看见了。

站在彭家坳的高处——他应该还看见了,我从未看到过的东西。

评鉴

何成钢

写父亲可以有不同的角度,但文学作品里"顶重要的东西是它应当有一个焦点才成",本文的焦点就是"检屋漏"。围绕"检屋漏",作者调动"五官"对父亲进行了生动的描绘:"被炊烟熏黑了的瓦檐"(视觉);"仰望他散发着烟味和汗味的灰色外套"(嗅觉);"父亲弓着腰在屋顶上,对着手使劲哈气。还不时搓搓双手"(触觉)。结尾处有这样一句话:"他应该看见了。站在彭家坳的高处——他应该还看见了,我从未看到过的东西。"耐人寻味,颇有中国传统写作要求的"豹尾"效果。雨果认为:"诗人有翅膀,能飞翔,能突然消失在幽暗中,可是诗人必须再现。"本文结尾带给人们的想象,配合前面"留在地上的脚",可谓独具匠心。

墓碑上的阿娘

岭岭

所有见过她的人，都艳羡她的肌肤。那时候她已经82岁。仪表厂工人的头发，灰白的一层层，梳的是电影明星的发式。

大伯伯去香港的前夜，她躲在角落里偷偷抹眼泪。

阿娘去过好几次香港。每次回来，不是多了玉镯，就是多了戒指。Seiko的能工智能表，阿娘老早就戴在腕上了，左邻右舍都叫她"香港老太"。

我有次去人民路找她，她正在楼上搓麻将，老房子的人都夸：这是你上大学的孙女啊？我看到她脸上骄傲的神色，还拉着我到整条弄堂去串门，炫耀。

阿娘喜欢识字。老了还自己一笔一划给大伯伯写信。她爱看香港电视连续剧，看到温兆伦，就用宁波话跟我说："就是这个人，一会儿演好人，一会儿又坏得要死。"

阿娘的耳朵不灵光了，看电视怕影响孙子学习，她就一直戴着耳机。

大伯伯常常寄港币给她搓麻将做本钱,赢了,她就会带我去老西门新华书店买连环画。我好些连环画都是她买的,这么多年也没有丢……

我出国留学前办了几桌酒。阿娘的气质惊艳了所有人。阿娘看到其他人都在送礼,她把我拉到一边,退下一只戒指说她没有准备。后来,阿娘患了肺炎。一个枯萎的老太太,睡在父亲的书房。没有牙齿了,傻傻地说些胡话。

那年上海盛夏。阿娘是静静走的。她没有痛苦。她不需要仪式。

从前去宁波上阿爷的坟,看到过阿爷给阿娘留下的位置。那时候,墓碑上阿娘的姓名是红色的。想来,现在已经变成黑色。

从红润变成沉思的黑,这就是一辈子的路。

费金林

"阿娘"是宁波人对祖母的称谓。作者写记忆中的"阿娘"入木三分。

写阿娘的时髦：她的"头发，灰白的一层层，梳的是电影明星的发式。"左邻右舍都叫她"香港老太"。

写"阿娘"知书达理，有细节，有画面："拉着我到整条弄堂去串门，炫耀""会带我去老西门新华书店买连环画""阿娘看到其他人都在送礼，她把我拉到一边，退下一只戒指说她没有准备。"

写"阿娘"的离世，"是静静走的""没有痛苦""她不需要仪式"。

写自己的感慨，人的一生大概都是这样，墓碑上的名字，"从红润变成沉思的黑，这就是一辈子的路"。

作者从儿童而为成人，阿娘从"时髦"而老去。很温馨，很怀念。作者用淡淡的手笔，写了一个我们心目中最值得怀念的祖母，噢，"阿娘"。

当诗人遇见庄子

语伞

我捆住睡眠的眼睛和钟舌,独自在陈旧的古书中绽放。

一群思想的种子,闪了一闪,旋即枯败!

诗——歌,重而浊。

从生和死的双峰间起飞的大鸟撞翻了庄子唱歌的瓦缶,我让所有的嘴巴都停止了粉红色的喧嚣。仅仅3分钟,却比3万个女人的一生还漫长。胡须结籽的老者坐在黑白相间的蝶翅上,隔着2 000多年的尘埃,向被重新打捞上来的影子深深鞠躬……

有人为美丽的殉葬画了一幅画。

有人在揉皱的宣纸和死去的篆书中吮到九个花瓣的阳光。

有人哭着陷入沉思,有人抱住前生的废墟比抱住来世的风车还激动。

沿着语言行走,没有遇见过庄子的诗人永远不相信世界上到处是蝴蝶。

桂兴华

敢于亮剑,开出自己的花,太可贵了! 一直欣赏你的语言结构。挖得深,才有可能想得透。豪迈中,多了几笔女性的细腻。

瓦罐

崔国发

不过是一种平常的器物。

它被打碎的时候,我看见清水一样的诗歌,从瓦片上流过。离散结构上,有一点点悲伤,却没有人能够深切地体认——

它的失落。

而我们的心是完整的。小心轻放,还有天边那一片温柔的月光。

而先前,若即若离的月光,也曾被瓦罐盛过,内心的一点点隐痛。对于不能言说的事情,它只能保持沉默。

我重新拾起,一块块碎片,神离,还是貌合,其实都不重要。

它来自泥土,复归于泥土,淬过火的瓦片,给我上了一堂,接地气的哲学课。

评鉴

桂兴华

入题巧,就胜了一半。智者善于发现,具有理论深度的发现,更是智者中的高手。句子严谨,扣得很紧。文字明明白白,但诗意到处横溢。这说明:真正的美,不需要乔装打扮。

犁

黄钺

嘘,它正在熟睡正在入梦正在回家的途中,请不要打扰不要询问不要请它到废品站一趟。路途无疑遥远也许是宋也许是唐也许是汉也许更在千山之外。嘘,尖锐是它的个性锋利是它的愿望耐磨是它的品德坚硬是它的原则沉默是它的气质沉重是它的格调生锈却是它的本能。10年前父亲一病不起它就在我家的墙角默默蹲下,父亲悄悄躲到山上它却傻傻一等10年。嘘,它早已不值钱早已不认识我早已忘记了使命丧失了血性身材走形意识昏沉,老屋在一场大雨中豪饮了两天三夜后它也一醉不起瘫软如泥。嘘,在前世它也许是刀也许是剑也许是箭沾过血带过泪作过恶,但这辈子它已放下屠刀立地成佛成了犁成了打开大地和挺进春天的一部分。

原谅它吧。

评鉴

任俊国

犁,曾经犁过泥土、犁过风雨、犁过人生、犁过历史。它锋利、耐磨、沉默、生锈。它也入梦,梦回前世的刀剑生活。诗人作为一个旁观者,不敢惊扰犁的梦。庄生晓梦迷蝴蝶,也许诗人已经进入犁的梦,穿越犁的前世今生。诗人熟悉犁,因为犁是父辈的写照,是历史的写照,"打开大地和挺进春天"才是最本真的回归。最后,诗人说"原谅它吧",与生活达成谅解。值得一提的是,诗人用绵密的句式,表达出一种诗意的厚重。

假如人可以做一座山峰

黄长江

假如人可以做一座山峰,那么,我也做一座。

不需要太高,也不需要太大,我只需要长出自己的风格。

比方说,我把一面长得缓缓的,上面长些花花草草,让喜欢攀登的人都能轻而易举地欣赏到我呈现的美妙;我把另一面长得陡陡的,再长些峭壁和悬崖,在脚下长一片高茂的树,悬崖的某些地方长些奇花异草。

或许你会说:"这不是跟别的很多山峰都一样了吗?"

不错,从表面上看是一样的,因为如果从表面看都不一样,那就不是山峰了。

我要说的是,我这陡的一面,除了展现幽深、陡峭,更重要的是,我还要让那些不懂世事、心不安分,乃至小看于我的松鼠、蛇蝎……感受到我的傲骨和威严。

让它们看到我,或者一想到我,眼前就会竖起一壁望而生畏的冷面。

但你放心,对于那些心装仁义礼智信的人,只要他们敢于站到我的肩上,我就可以让他们与喜马拉雅比攀。

任俊国

苏东坡说"横看成岭侧成峰,远近高低各不同"。山如此,人亦如此。诗人要做一座山,让人欣赏、攀登、探索,发现山的美、幽深、陡峭、傲骨和威严。发现不是创造,是因为山本身具有的美、幽深、陡峭、傲骨和威严。山高人为峰,诗人愿意做仁义礼智信的肩膀。正所谓:看山是山,看山不是山,看山还是山。

刘慧娟

诗人谋篇布局及行文都很谨慎,没有大起大落,没有剑走偏锋,也没有太多的留白。安安全全地写到诗人预设的目的地。行云流水,自然天成。"假如人可以做一座山峰,那么,我也做一座。"诗人在自设的条件下,开始点题。文中安排出场的正反方角色,通过一问一答的形式,完成自己的立意安排,积极向上,格调昂扬。

吞噬鳗

黄昭龙

吞噬鳗是深海长得最奇怪的动物之一，它有一个巨大的嘴巴。

嘴巴下面有一个口袋，装它捕获的猎物。

最搞笑的是，它的上嘴是不能动的，下嘴松松地挂在头上，

它的嘴都合不起来，因为它的嘴太大了，下嘴也太柔软了。

吞噬鳗一直张着嘴，傻傻的，像个呆子，把游进嘴里的小鱼小虾统统吃掉。

我猜有可能吞噬鳗越来越多，小鱼小虾越来越少。

因为吞噬鳗的嘴实在太大了，我猜它都可以吞章鱼。

吞噬鳗全身黑乎乎的，眼睛很小，几乎都看不见。

它有一个亮红光的尾巴尖，科学家认为那是它诱捕猎物的诱饵，

吞噬鳗一直提着它的尾巴，吞噬鳗把尾巴悬在

大嘴周围,

有猎物来到它尾巴周围,它就吃掉,或者就用尾巴把它缠起来。

渔夫用网捕到吞噬鳗的时候,它的尾巴都会打起几个结来,它的尾巴太长、太细、又太柔软了。

吞噬鳗爱生活在深海,但是它小时候生活在浅海,它需要吸收阳光才能长大,一长大就回到深海去了。

我感觉浅海就是它的幼儿园,吞噬鳗的幼儿园比我的幼儿园,大多了,漂亮多了,好玩多了。

评鉴

黄海*

吞噬鳗有一张大得出奇的嘴,嘴下边还有一个装猎物的口袋,坠得它的上下嘴永远都合不拢。但是,很多鱼虾都自动游进它嘴里,是不是把它的嘴当成一个地洞口?俗话说得好,傻人有傻福,这丑家伙是不是故意扮傻,哄骗鱼虾自投罗网。生活也需要讲究

----
* 黄海,作家。

策略,各司各法,我觉得应该给吞噬鳗这个影帝颁一个奥斯卡奖。

桂兴华

少年思路开阔,空灵。真不简单!希望今后在段落的展开中,大胆一些,跳跃性更强。

学步

萧风

经历过"七坐八爬"之后,你便跃跃欲试地想走了。

先是扶着床沿或门框,颤巍巍地站了起来;然后,拉着大人的手,开始踉踉跄跄地学着走。

再后来,便想挣脱大人的手自己走了。尽管,摇摇晃晃走不稳,但你并没有放弃。

一步,两步,三步……你向着妈妈敞开的怀抱勇敢地走过来了!

爸爸在为你鼓掌。奶奶在为你加油。

忽然,你跌倒了。爸爸本能地伸出手,想把你扶起来。

爷爷喝止了他。

"让她自己爬起来!没有跌过跤的人,是学不会走路的!"

——你没有让我们失望。不仅没有哭,而且自己慢慢爬起来,继续跌跌撞撞地往前冲!

终于,你扑到了妈妈的怀抱里,红通通的小脸上露出了胜利者的自信和喜悦……

评鉴

任俊国

生活总是蓄满诗意。迈出人生第一步，是最小的一步，也是最大的一步；是平常的一步，也是最勇敢的一步。诗人正面刻画幼儿学步的"跃跃欲试""踉踉跄跄""摇摇晃晃""跌跌撞撞"，生动表现了不放弃、跌倒再爬起来的勇敢学步过程。而一旁的爸爸、妈妈、爷爷、奶奶，或鼓励、或关爱，"喝止"是更深层次的爱。走好每一步，就是迈向未来的自信和喜悦。作者为散文诗的研究做了许多工作。他写亲情的作品，视角独特。胜在立意。

夏——爱情在炽热的火焰里燃烧

徐成淼

每一个叶孔都在悸动,它拼命地吸收着空气,吸收着阳光。

第一条叶脉都在沸腾,它贪婪地吮吸着感情的乳汁,为的是让思想的子房变得更加充实。

烈火的洪波已经漫过了堤岸,但是别担忧,那未来的一切,正在这火的波涛中孕育。

评鉴

桂兴华

他深耕在这个领域。生活基础牢,有思考。朴实,已成为一种鲜明风格。散文诗界的前辈、同辈、后辈中,有不少理论、创作俱佳的高手。即使议论入诗,也是以形象撼心!请看这一章,短而有力!

他出生于1939年。原籍浙江,后移居上海。1957年开始发表作品。现为贵州民族学院教授,学科带头人,主编《贵州八十年代散文诗选》。他的长文《加速完成当代散文诗的现代性转变》切中要害：我们甚至还不及一些年老的散文诗作家。彭燕郊先生64岁,却再次实行"衰年变法",发表了《混沌初开》。郭风先生晚年作《散文诗别裁》,以与《叶笛》迥异的姿态展示风采。如果我们在彭燕郊和郭风面前倒退,又如何实现告别和超越？他的作品截取的点、面都是老练的。相比于那些侧重于写过程的习作,他的作品更像散文诗。

金属的声音潜伏在一生中

冷雪

总有一些事物让你无法触及，比如鸟飞去的方向，云的位置和阳光的姿势；

总有一些事物让你充满奢望，比如草地上的白马和马背上仰望天空的女子，让你整个春天都不能轻易度过。

我是说一些金属的声音，潜伏在你的一生中伺机而动，它们的速度，它们的锋利，没有哪只鸟能超过它们，包括北风。

我知道自己是多么单薄而无力，苍白的生命立于沼泽之上，还能留下什么？

我曾试图走出水域，走过沙漠的中心，打开一枚果子像打开乳房，谁能将最初的水声全部掠夺？

甚至在一个有雾的早晨，站在如尘的阳光里，伸手接住的可是一滴淡淡的泪珠？

评鉴

刘慧娟

诗人冷雪心中藏有一方美丽的世界,那份唯美在《金属的声音潜伏在一生中》的散文诗中含蓄地呈现着各种侧影,既有饱满的形象美,也有抽象的逻辑美。

诗思往往是诗人生活态度的流露,灵感来自生活与生命之光,看似看不见也摸不着,但确实就真真切切地存在那里,并时不时地左右着你的纸笔与思考。正如俗话所说的:"文如其人"或人如其文。冷雪的内心世界是美的,也是有棱有角的,呈现"骨"感的美,这份美,能周身发出"金属的声音",不迎合,不阿谀……是脱俗的一股清流,直到引人如"纯",入"醉"。

诗人冷雪的思考也是成熟的。为了不辜负生命与红尘,即使"接住一滴淡淡的泪珠",却仍心怀美的向往和爱。

住在时光家里

陈海容

有多么爱光阴,你就有多么恨光阴。

时光擦不净往事的生字本,在时光面前你一直都是个小学生,总是一脸天真无邪的笑容。世事轮番出现,你趴在课桌下找出半块橡皮擦用力擦去,以及涂改,企图擦去你不愿意看见的人和事,你将整本历史书折腾着面目全非,还比不上母亲用力地擦掉自己总擦不干净的鼻涕,很痛,你像是躲母亲的手一样躲着光阴。最终你只能对它苦笑,不能更换或撕破这本书。

起初你不愿久待的家。

脚步落下的地方就是你的故乡,时光就是你永远的家。年轻时你渴望离家出走,年老时你渴望叶落归根,你像背着家的蜗牛四处寻找着你的家,走了一圈又返回原地。几十年的光阴啊,仿佛只是一眨眼的功夫就过去,你开始惶惑着,时光与家园多么像一对难兄难弟。

后来你开始思念的家。

从小到大,你离开了无数次的家门。也搬过好几次家，从乡村搬到小县城。时光苍白了记忆，时光和你的家，早彼此已经习惯的等待和被等待，至今不变。

如今你渴望回归的家。

倘若可以，你多想穿过时光之门回到儿时的旧厝，去拾回放在窗台上的旧蝉蜕，床底下的玻璃珠，还有一串搁在门口的脚印。

这是你又爱又怕的家。

评鉴

任俊国

光阴是一本书，需要一生去读。橡皮能擦的，也许是光阴上的尘埃，那些真正深入记忆的光阴，越擦痕迹越深，比如你和母亲、故乡一起度过的光阴。光阴能洗白的只是别人的看法，而光阴在心灵上的雕刻从未变过。如果一定说有变化，只能说刻痕越来越深。诗人说"住在时光家里"。是的，物质的家可能变迁，而时光的家是你与光阴故事的总和。你真正离开过吗？答案在诗人的诗里。

雨夜

邹岳汉

谁的脚步？踏在了夜冰凉如水的背脊上。踏在了一颗辗转反侧、刚刚得以入眠的心上。

是一场南来的骤雨，有声有势地横扫了过来，那么迅疾，那么热切，那么坚定。所谓伊人？那么出乎意料，或是正如所料。近了，近了……那轻快的，熟悉的，蹬蹬有力的脚步声！

刚踏到初熟的梦的门口，又影子般趸过去了，踏上另一条伸向远方的、充满风雨泥泞的路。

评鉴

桂兴华

他的手提包里，永远塞着一封封散文诗作者的来稿。他不会电脑，至今与纸质媒体打交道，乐此不疲。热爱,是最大的动力。他并没有退休。漓江出版社的《散文诗年选》,年复一年地在他手中诞生。他主编的书,年年有新面貌。他自己近来也有了电子邮箱。他反对老操着旧调,与青年们交流没有障碍。他主张"气可鼓,而不可泄"。尽快确立散文诗的文学地位,只有从文学出发。试想一下,被埋怨声包围,智慧的火花还能频频闪烁吗?他自己的作品,美,没有多余的披挂。

寻源——《七只笛孔洞穿的一支歌》（节选）

皇泯

沙滩，舒展多皱的思绪。脚印，叩亮一串年轻的音符。高高低低，平平仄仄，延伸进视野的焦点。

呻吟、呓语、喧嚣……抖落五千年的锈斑。

你将门沉沉地扣上。家，被关在永不回头的记忆里。

你去寻源——

祖父说：五月初五，是鬼不走魔不跳的日子。

你不能走，你不能走呀！

晶泪，烁亮一粒粒衰老的哀号。

你，却走了。

脚印，是你的家，养育流浪。

自你问世那刻起，时代就缺水。龟裂的饥荒，焦渴了，唇，目光，和本能。

你的目光，就这样被常规咬断。罩上八百度的镜片，也无济于事。路人与你对视了一个世纪，你却惊诧于对撞的瞬间。

你的视线是拐弯了，还是起伏了？谁也不

知道。

正如那一孔幽深的极处,静坐井底之蛙。

太阳和月亮时有光顾,耀眼的时辰如刺,你却不晕眩。只让硬币般的斑斓,烁亮瞳仁。

当资源那眼喷泉,溅湿你的跋涉。你倾斜于崖边的姿势,定格成——雕像!

欢呼和雀跃,凝固了。天空,没有流云和柔风。

那不是长睫毛下的眸子么?

那不是夏娃母性的圣地么?

那不是你的起源和归宿么?

你从哪里来?

还要去问剥蚀的墓碑,还要去叩没有牙齿的传说么?

你的视觉,在地平线上竖起来。

声音钻出了冻结的厚土,如鸡雏破壳,如嫩芽绽绿。

我要顺流而下!

我要顺流而下!

是瀑布的咆哮;是舟楫的呐喊;是心灵的呼唤;是人子的喘息。

资水—洞庭湖—长江—东海—太平洋……

顺流而下。逆风而上。

驾一叶轻舟,披一领蓑衣,头戴太阳这顶金黄色的斗笠,或月亮这只银白色的毡帽。

没有桨,无须桨;没有舵,无须舵;

没有帆,无须帆;没有桅杆,无须桅杆。

礁和漩涡,默然。巢和翅膀,默然。

唯有你水淋淋的情感,响湿了所有无形和有形的时空。

很多年后,晾晒余味,还能泛出又咸又涩的盐斑。那里,没有缺水的季节。

水,在悲欢的合奏中,蒸化为飘荡的云彩。

有水,没有船。

哪怕一叶轻浮的嫩芽,也在春寒的狰狞里,凋谢。

你只能让自己的躯壳,空虚为船。任思绪和魂灵,漂流而下。

在某一个港湾,或某一个搁浅的沙滩,有人问你——

找到了源头吗?

你那盛生命之水的圣杯呢?

世上有多少条水路呢?一个人有一个人的源。

无穷尽地循环,有无穷尽地探求和寻觅。因而很多人不再寻源。

情愿溺死于自己的脚印,成为一具没有知觉的木乃伊,千年万年,如酒浸的人参。

你忽如一只水鸟,掠过生活。羽翼,扇起动荡不安。

给阳光和月光及目光——一片片,破碎的梦屑。

飘飞的灵气,在空中,逝如一线长长的弧。

世纪风,再也没有缤纷的色彩,黯然失色于崭新的传说。

当遗忘的角落,顽童有意无心地用稚气敲击如磐的历史,老态龙钟的望夫礁,会张开千孔百疮的嘴,叙述一段模糊的往事。

尽管,交错的思路不会流畅。但,无邪的童心,会萌芽——

在春,在夏,在秋,在冬的枯枝上。

评鉴

杨四平

这首散文诗具有史诗意味,而且是"创世史诗"的意味。它叙说人类创世之初,到处都是荒芜;人类的祖先为了存活下来,开始了寻找"生命之水"的源头……此间的苦难、辛酸、凶险、勇毅、搏击、坚持,一阵阵撞击着我们的心灵。当年,人类祖先那颗"无邪的童心",那可歌可泣的"寻源"的英雄传奇故事、不朽风范和伟大精神,在"世纪风"里已经黯然失色。但诗人相信,那颗伟大的初心,一定会再度搏动。

薰衣草

宓月

你选择了噤声。

你隐去了自己的姓名、身份和性别。

你本来是花,却只想做草。

当我经过时,灵魂就充满了你清冽的芳香,久久不去。

从此,我爱上了你深深浅浅的紫色,爱上了你开花时的娇羞模样。

我喜欢在你的芳香中入梦,在你的芳香中醒来。

你让我相信,爱情只有一种:香。

烦躁在你的味道里宁静,伤痕在你的抚摸里痊愈。

你的香,让你成了薰衣草。

你一定懂得,美,不能太张扬。爱,也无须喧嚣。

你不想过早地凋零,更不想枯萎得那么残忍。你选择了含蓄,选择了以草的平淡,去孕育一缕绵长的芬芳。

你不断抱紧自己,连绽放都小心翼翼。

把香味紧紧地捂在怀中,只为等待那个懂你的人。

你要让他,在最平淡的日子里,也衣襟含香。

评鉴

杨四平

此诗的清洌诗意在于它既写大自然的薰衣草、写它深深浅浅的紫色、写它开花时的娇羞模样、写它低调含蓄的噤声、写它清洌绵长的芳香,更写人世间像它那样的外貌、言行、性格、精神和境界。这种小心绽放、暗香浮动、清洌绵长触动了诗人的灵魂,使她由此感悟了爱情神圣、品格操守与人生真谛。诗的意境就从写自然界的小花小草变成了人类世界的为人处世的大格局与大境界,给人感觉既亲切自然,又神清气爽。

幽谷

华万里

你是我的幽谷。

深藏在万山丛中,因我而呈盆状,小而美,四壁百合绽放,有溪水细流如梦。

你欢愉了我,隐蔽了我。

在这里,并非雨水都是泪。当人湿透立即天晴,有你的阳光,快乐地照我。有时平躺,如在你的怀中,看诗句漂浮,天上无扁舟,猜想谁是青衫客,愿随白日红颜云游?

此刻,爱情莫问来由。

松下,古老的低处。喜悦轻风微澜,忧伤中已过了快刀飞雪。石桌清茶,我在杯子中感受你。落花簌簌,香气不再陡峭。你给我的凸乳卧姿与温和呼吸,仿佛另有灵魂。

尤其月亮来时,小木房有你的心境和体温。深春浅歌,短箫长夜。你不再为落日包扎伤口,拥抱我用了空谷兰姿与美人弦调。野径与岔路,雪与错,统统被拒绝在合拢之外。

红尘不在谷内喧嚣,没有第三只鸟的干扰。

夜空不再冷硬得难眠，寂静已成岩化玻璃，眼前和回忆非常透明。忘却了在山顶举行的尖锐夜宴，那瞬间的灯熄烛灭，更没星月关照，等于失意。难怪风说奢望过高的人，最终叫落寞。

回到幽谷吧，这里虽然海拔不高，但神秘宁静。你的情感，可以让我横着辽阔，竖着耸立。你深邃了我。

桂兴华

此诗写幽谷，但也可以看作是充满阳光的爱情诗。令人恍然大悟的隐喻，很难。通篇没有套话、大话，语言隐蔽而浓烈，文字凝练而优美。如此含蓄，这需要多少日下苦功啊。我欣赏了好几遍，既有新鲜感，又令人想了又想，角度与内涵，均出类拔萃。精致，最能代表散文诗的品质。这部作品的构思、语言乃至节奏感，都符合这个要求。

盛开的棉花,是不是乡愁

刘向民

盛开的棉花,白花花的,一朵洋溢着幸福的花。

秋天的棉花,秋天的花朵。一朵温暖的花。

在一抹红霞里,闪亮幸福的面颊。

一层秋霜在花朵上闪烁,在一场风里纯洁灵魂。

沉思。不语。把梦掩进不朽的日子里,花朵是一种思念。

时间的尘埃总在沉默,异乡是一种痛。

从一朵开放的花,想起温暖的爱;

从一瞬间的感觉,想起记忆的家。

我满怀感激,聆听那些朴素的棉花开放的声音,是歌唱。我泪流满面,怀念那些逝去的日子。

这是不是乡愁?

王怡

  写"乡愁"的诗人难以计数,刘向民把他的思乡之情寄托在一朵开放的棉花上,想象别有一种意境。棉花的花语是幸福和温暖。在作者笔下身处异乡的日子,虽"痛"而"不朽",但仍陶醉于老家棉花盛开的田野风光。因为家乡是他幸福的源泉,家乡是给他温暖的爱的地方。

  这确是一首触摸心灵的"乡愁"之歌。

爱的力量（外一章）

蔡 旭

一位母亲跪在一个深坑上。这是一头大象。她的宝宝失足跌在坑底了。为了让儿子活着，母亲不顾一切跪着给他哺乳。

等人们发现时，已不知过了多少天了。

救援人员用起重机把她吊起，极度衰弱的她竟毫无反应。

坑下响起宝宝悲惨的嘶吼，也无法唤醒昏迷的母亲。

人们给她打肾上腺素，做心腹复苏，趴到她身上用双手双脚拼命地按压。努力却不见效果。几分钟后，她却停止呼吸了。

疯狂的宝宝爆发了超能力，挥动四肢竟逃出了深坑。

救援人员没有抛弃，宝宝更不会放弃。

持续的努力，不断地呼唤，整个世界都在期盼。

地动山摇，回旋着宝宝忘情的哭喊。雨从天降，老天也感动得流下泪水。

真的能感天动地吗？真的有奇迹发生吗？

只见母亲艰难地站了上来,儿子失魂般扑了上去。

母子俩回归森林时,深陷其中的我,才猛醒这是一段视频。

现场实播的镜头拍下的明明是动物,我不由得想到的却是人间。

世上还有什么,比得上血肉相连的深情?

是的,做人就要做这样的儿子,这样的母亲。

鬼仔戏

儿时最爱看"鬼仔戏",它的雅号叫"单人木偶"。

一条扁担,就挑起了一个戏班。

一张方桌搭起的舞台上,杖头木偶们演绎着悲欢离合、金戈铁马与喜怒哀乐。

一座村庄端坐在台前。让一口方言俚语与诙谐唱腔,掀起一片片笑浪。

那时,我和小伙伴的兴趣不在台前,而在台后。

幕后只有一个人。生、旦、净、丑是他,唱、做、念、打是他,吹、拉、弹、唱还是他。

出神入化的表演,令我们佩服得五体投地。

60年过去。我回到故乡时,又听到了鬼仔戏的锣鼓声。

我不禁穿过熙攘的人群,绕到台后偷看。

表演者竟是我的童年玩伴。

他已是木偶名艺人,听说还是非物质文化遗产代表性传承人呢。

我们的眼光相碰时,我发现正深情吟唱的剧中人的手,意外地抖动了一下。

两头白发在鉴定着,我们都老了。

濒临失传的鬼仔戏当然也老了。

不过,令我最高兴的是,在我童年玩伴手中——

鬼仔戏又继续年轻。

评鉴

徐国发

蔡旭的散文诗,最大的特点就是接地气。静水流深的日常生活,始终是他散文诗的矿藏,与那些在"超现实"轨道上空转的作家不一样,他总是喜欢坐在生活的一角,不停地勘察、不停地钻探,一桶一桶来自地层深处的"原油"越来越鲜活,一经他的热情点燃,立马就袅袅腾起一缕缕暖暖的诗的炊烟。

筛新娘

唐德亮

到了,巍峨的夫家门楼。

到了,你后半生的归宿。

不经意间,你手上的彩伞被人接走。你取出纸扇,遮掩自己羞赧的脸颊。

大明师抓一把苞谷,撒你一身。又向你喷一口清水,被你急急用纸扇遮住。

"沙啦。沙啦"声响起,洞房到了。这是一把散开的筷子,在发出一阵阵清脆的响声。

筛声提醒你,"莫学米筛千只眼",日后"只可与丈夫一条心"。

筛吧!你心里说,我与丈夫相恋相爱,尖山作证,镂下我们爱的宣言;宜水有情,当录下我们忠贞的山盟海誓。

跨过去了。

跨过摇动的筛子,跨过刻骨铭心的一刹那。

前面,是温暖的天地,是炽热的怀抱,是渴望、祈盼的终点与起点,是绚烂的绽放与沉沉的果实,是风雨,是阳光,是一个梦的终结,另一个梦的开启⋯⋯

　　一跨,便是百年。

　　注:"筛新娘"是粤北壮族婚礼习俗。

评鉴

桂兴华

　　散文诗的体积、艺术和思想容量,均属上乘。语言,也考究。证明这位资深作家,确实在这块园地里耕耘了多年。并不是因为40年前,你曾经在《南京日报》副刊上发表过我大量作品。称赞你,是由于我认为:散文诗,就应该像你一样精致。也希望你,尽量多写点。地域特色,往往是以小见大的入口。并没有熟视无睹,已经显露了底气。将少数民族风情开掘得深一些,作者是下了功夫的。

玛曲：呜咽的鹰笛

牧风

谁的声音把鹰隼从苍穹里唤醒？

是那个站在黄昏里沉思的人吗？抑或是他手里颤动的鹰笛，一直在夜岚来临前悄悄地呜咽。

鹰笛在吹，我在风雪里徘徊，舞动灵魂。

鹰笛在吹，云层里鹰的身影携裹着冷寂落下来。

兄弟班玛的口哨充满诱惑，远处的冬窝子在早来的雪飘中缓慢老去。

寺院的诵经声响起，他还在回归的路上。

牧鞭在黄昏里发出响亮的弧线，牛羊沉默不语。

远处，阿尼玛卿浓浓的雨雪和恋人的背影让班玛的心思窒息。

他厚实的嘴唇僵硬如石，鹰笛在吹，就像吹动脑海里湮没的记忆。

夕阳迫近，青铜之光覆盖缓慢行走的黄河，班玛的步履更加沉重，余晖中他和草原融合在一起，成为夕阳下忧伤的风景。

评鉴

桂兴华

细腻,出于作者的观察力,更出于表现力。看到独特的风景,仅仅是第一步,怎么运用诗的手段表现眼前的景物,更加不易。

偏爱那些微小的

司舜

大的事物，我爱不上，也爱不动。大的事物有更大的爱恋，我来爱那些微小的。

我的爱蚂蚁一般拥挤。

比如一小股溪流，它碰到什么，什么就会变得潮湿；比如一阵很轻的风，挨着谁，谁就会生动。

比如，那些微弱光亮的星辰，看上去和从前一模一样，不可能有谁丢失了什么。

比如一枝藤蔓，它细长，并且继续伸展，带上抑制不住的颤抖。

再比如，一只鸟短促的啁啾，一直不修改，也不补充，那曲别针一样的听觉。

如此种种……

我有一份世上最小的爱，我在用它爱着我经过的一切，爱着一路上碰到的微小事物，尤其是一朵很小的花，那种质朴的灿烂。

它们每一朵似乎都是有生命的神灵。

评鉴

桂兴华

标题就很吸引我。丰富的想象,是诗人的第一资本。即使议论入诗,也要以形象撼心。发现一种具有理论深度的美,是智者中的智者,肯定"比美还美"!

脸上的风景

张 烨

这是一幅宁静、柔美的风景画。

你整个的脸是深深的海,前额无限伸延成一片辽阔的沙滩;眼睛是两只黑白相间的小船,闪着神奇的亮光悠荡在微微起伏的海面,海面匀称的呼吸隐约可闻;鼻子是一堵岩壁,虽是岩壁线条却刚中兼柔,就像某些外形刚强的人仔细看来其实是温柔的一样;嘴唇是一朵湿润的红珊瑚,仿佛刚被海浪吻过似的,神怡自在地开放在湛蓝的海面;头发散发着海藻的气息在波浪中柔荡……

恬静的脸……你躺在什么地方,竟让人产生天水浩渺相连的感觉。紫薇色的傍晚飘起一片亲切的温馨融入你的遐想。

在远处,你被另一双眼睛久久凝视、吸引,目光因感动而微颤。那人浸在你脸上的风景里,好像在将生活中所有的痛苦与烦恼、骚动和喧嚣全都淹没在大海的清凉与安宁之中。

这是一幅动荡不安的风景画。

风暴的巨手猛撼你的头发狠歹歹地连根拔着。

你整个的脸是一个愤怒的海,直立的海。头发已变成一群黑色的海燕勇敢地搏击风暴;辽阔的前额涌起一浪超越一浪的愤恨;两只眼睛是黑色的深渊回响着海峰拍天的巨响。这就是海底,蕴含着痛苦与希望、生与死的海底;鼻子是一座巍峨的灯塔耸立于海面,嘴唇便是燃烧着火焰的灯芯。由于海的直立,灯塔便倒置在海水里了。在这天倾地翻的一瞬,灯塔的熊熊之火照亮了海底。这真是千载难逢的时刻!借着海底之灯,天空的目光才能洞穿这无底深渊。

这是一张双手紧扼命运喉管的人面临着绝望的脸,一张挑战者血性阳刚的脸,一张竭尽全力对抗苦难的脸。

你被欢乐遗忘在何方?逆境使你的脸、你的精神超越现实,成为人类珍藏在心底的一幅永恒的风景。

评鉴

任俊国

突然要从一张脸上读大海,多么不可思议。事实上,脸上风景要比世上任何风景都要丰富、绮丽、变幻莫测。脸本是情感载体、生活侧面、人生折射,诗人变"一切景语皆情语"为"一切情语即景语",种种情感、人生经历都通过脸来呈现。是的,世事沧桑,这一切只有大海的广度和深度才能蕴含。相约去看海,而诗人却相约去看脸。于是可以欣赏、憎恶、迷恋、扬帆远航、港湾听涛……诗人天马行空的创新是多么可贵啊。

桂兴华

她的诗,成名很早。她的散文诗,也另有一功。在艺术表达方面,几十年来她一直深藏着有故事的面孔。这一点,是多么珍贵!藏着,但一出手,就是许多人没有具备的大胆想象。描绘一张脸,虚写比实写难。

风是有骨头的

三色堇

风是有骨头的——只因她带着彩色的诱惑,带着琴音的舒缓,使春天生出喜悦。生命在巨大的画板上张扬着欲望,于是便有了风骨。

这个世界让人惊奇的已经不多,而你的心音漫过田野、漫过空旷、漫过比远方更远的风景、漫过命运的窄门——这无比寂然的尘世,请你别说春风有多么放荡,漫游者在途中,他不会卸下沉重的行囊。

什么在诞生？宇宙里的帷幕,苍穹里的星光,这些闪烁不定的色彩把曾经遥远的事物带到眼前,带到我们无法倾诉的心灵世界,落地生根……

多少年了,这片真实的疆域,在苍茫和凛冽中感受生命的坚韧。请你允许青山与绿水如约而来,请你允许疲倦被春光所消弭,请你允许心与大自然在这里做最动情的演绎。

我面对的风景,你同样面对。我不敢偷窥她的素朴与华美,也不敢打扰那些戏水的鸟儿,它们正在鼓荡着迷人的歌喉,拍打着被红尘弄脏的宿命。

还有什么奢望?只想拥抱丰腴的宇宙,爱就会停留。

有种由来已久的节奏,给人带来心跳,带来蝴蝶羽翼的震颤,带来水的风声鹤唳。我们无法停下来,以至于要像光一样摆脱阴影的纠葛。

可以触摸的声音穿越生死,穿越比美还美的生命,穿越无比浩大的空间。

那束光会倾泻而下,我就会奏响多声部的命运,而不是用想象来填充人生的风景。我们迎着大风狂奔,将神的旨意再次抛向空中。一千次的赞美,不如一次动情的聆听。你让我感受到生命中的那种强烈,那种绽放的力量。更大的风还在远方,在我奔来的路上。生命因为邂逅,黑暗便在光明的出口戛然而止。波澜壮阔的人生总需要一些色彩来支撑自己,就像你的屋檐晾晒着一堆金黄的谷粒,它会驱逐你变暗的忧伤,让你内心怦然辽阔。你清除了体内的淤泥,使眼睛变得光亮,我只愿意为你祭献爱意,为你的美而狂饮。

我愿意用心跳包裹你的葳蕤之美,你的信仰,你无处不在的神韵。

评鉴

任俊国

一切皆有可能。诗人把丰富的人生体验和审美意趣予以一一呈现,看似分离,实为融合。可能是绘画中,可能是行旅中,可能是音乐沉醉中,可能是冥想哲思中……春天、星空、山水、蝴蝶、光阴、情感、谷粒……都是风景,每个人都可以从风景中取出自己的风骨,不言而言,不喻而喻。

金银花

爱斐儿

谁似我花开两色,一色爱天地,一色爱人间。

听,用金属的听觉;看,以花朵的眼神;思,以治病的路径……

以右翼炼金,以左翼打造纯银器皿,以月中玉桂研磨人世浮躁病因。

牵手连翘、薄荷与荆芥,用春水一盏,煎盛夏八分,加诗酒半盅,在水深火热的生活中滚二三沸,热服,解世间温热虚浮表症。

以芳香率野菊花、蒲公英、紫花地丁、紫背天葵子组成五味消毒饮,调制金花银蕊的济世药汁,化孤独痈疽、寂寞肿毒、谎言疮癣。

注定这一生我只能以清风梳头,露水洗瞳仁,以普世心肠挥霍命中的金银,气血同清,三焦同治,用一味药的冷静覆盖灵魂的轻盈。

评鉴

任俊国

　　文似看山不喜平,诗亦如此。诗人眼中的金银花,是花,也是治病的良药,更是团队建设的楷模。在中医理论的"君臣佐使"中,无论主角还是配角,金银花都到位不越位。金银花的主治功能是清热,于这浮躁的世界,也是一剂良药。诗人说"用金属的听觉",进而用诗意的语言重新诠释了金属的味觉和精神。"用一味药的冷静覆盖灵魂的轻盈"是生命的升华,也是艺术的升华。

写给首个南京大屠杀国家公祭日
——12月13日10点01分

王慧骐

紫金山默然垂首。燕子矶江涛凝噎。六朝古都，宽街窄巷，这一刻所有行走的脚步皆伫成雕塑。

风不再起，云不再动，任烛泪点燃，歌哭成河。

77年前的那个早晨，城市还在睡着，松枝上有静静的雪霜，林中不时飞过早起的鸟儿，婴儿还在母亲乳香的怀里轻轻呢喃……一群野兽来了，刺刀和炮声把这一切全部撕烂。

江东门记得，玄武湖记得，明孝陵记得，30万颗活生生的头颅相继滚落，让和平与文明——这两个人类史上最伟大的词汇因此终身蒙羞。

历史，是一棵种下了就无法再拔起的树。所有掠过的光影全被它照实摄录。不要试图涂抹什么，谎言与狡辩在这里会溅你一脸惩治的火星。

莫道是"此恨绵绵无绝期"，记住，并不意味着背一副磨盘在身。后来人当然还要赶路，只是为了世界的天空不再被血腥与疯狂污染。

让人周身彻凉的汽笛在这60秒里长鸣不已，整个国家以默哀的方式给逝者以最贴近的安魂。

知道哀伤的民族,必然懂得如何奋起。放飞的和平鸽会向这旋转的地球,一路唱响我们的尊严和慢慢强大起来的体魄。

2014年12月11日中午

评鉴

王怡

2014年,在日本法西斯制造南京大屠杀77年之后,中国政府决定建立国家公祭日,以整个中国的雷霆万钧之力,愤怒声讨当年日本军国主义对中国人民犯下的滔天罪行。王慧骐献给首个南京大屠杀国家公祭日的散文诗,因其对建立国家公祭日意义的揭示而引人关注。

山垂首,江凝噎,人伫行,有强烈的冲击力;刺刀和炮声,和平与文明,有强烈的对比感。然后落到"记住","只是为了世界的天空不再被血腥与疯狂污染"。而结尾部分那几句,"知道哀伤的民族"将在这"旋转的地球,一路唱响我们的尊严和慢慢强大起来的体魄",应该是对死难同胞最深情的告慰和正在实现的承诺。

写在奥斯维辛集中营

桂兴华

奥斯维辛是波兰南部的一个小镇。第二次世界大战期间,纳粹德国在这里建立了最大的集中营,是希特勒种族灭绝政策的执行地。约110万人死于该处。

如果我是110万死难者中的一个;
心,可不愿排在这里。

因为我活蹦乱跳,一刻也离不开水和空气!

不能在这里,站成活活死去、前胸贴着别人后背的一具尸体!连一滴泪,也没有!

最悲哀的是:我临行前,还梦想着怎么精心打扮,怎么将最珍贵的一切与自己天天相伴在一起!

没想到在这死亡的入口处:我就这么在狼狗们恶狠狠的监视下,默默地与无辜排着队。

我被命令全部脱光,换上灰白相间的条纹衫。

紧接在刚刚诞生的哭后面,成为被注册的没有姓名的下一个鬼!

如果我是110万死难者中的一个；

心,可不愿被窒息在这里。

从哪里策动的小火车呀,塞满了同我一样牲口般的一批批厄运。李：不是为了替我争取生存,竟然是为了迅速将我榨尽,然后像废物一样丢弃！

丢弃了我多少正在成长的希望啊,没有人想到自己会奔向奏着乐的墓地！

这里,原来布满了剥夺我最后呼吸的毒气室和焚尸炉！

这里,原来深藏着拷问我每一颗牙齿的法西斯！

不容许我有别一样的血。否则就得流尽我所有的拥有。不容许我留下任何行李。色彩都是多余的。

告诉我,历史：我的眼镜去哪了？我的领带放哪了？

为何每分钟要背负这么多奴役？挖与被挖的,都有更深的苦痛；

抬和被抬的,横在巨大的恐惧中。张：为何每一眼要射来这么多仇恨？使零度以下的冬天更加寒冷。

每次火车离开时,总是被灵魂死死拉住。

滑一步,就有一身阴郁的厚厚的雪落下。这些站台,竟是生存向死亡的报到！

如果我是110万死难者中的一个；

心,可不愿被扼杀在这里。

今天,这一大片、一大片茂密的树林,就是110万个我在风中喊着一阵阵委屈！喊着一回回被闷死的爱！

谁要寻找我们的踪迹,那萌发的叶子,哪一片不是颤抖着的纪念？

此刻：我身边系着粉色短裙的少女们啊,听到了没有？

你们与我流着一样的血。就要当心秀发被活活剪光,被织成一条条床毯；就要当心美丽被活活剥下,被做成一枚枚灯罩。

当年那一群不见血的刺刀,闭在哪里了？
当年那一堆露着微笑的狰狞,埋在哪里了？
那一阴森的烟囱,举着多少批接连倒下的手臂？
整天审讯我的,今天得接受我的审讯！
如果我是110万死难者中的一个；心,决不会挤在这里！
我们要化作一柄路口的火炬,把这片死亡工厂烧成灰烬！
只为了：千万不能再有下一个！

2015年5月,为纪念世界反法西斯战争胜利70周年而作

评鉴

傅亮

4个"如果"和"不愿",一气呵成,从历史审视者和个体觉知者的视角与内心,痛陈了法西斯的罪恶,表达了万千不愿被"窒息"的灵魂永恒的呐喊。

在有限的篇幅中,作者展示了高度概括的能力和集中展陈的功力,运用比电影镜头更典型的"蒙太奇"组合,为结尾的有力设问做好了充足的铺垫,带动读者的心绪一路思考,达成共鸣:"千万不能再有下一个!"

耿林莽

桂兴华的散文诗有鲜明的现代气息。高速度,快节奏,仿佛一个匆忙赶路的男子汉在呼吸急促地喘气,这便是他散文诗从内容到形式、到语言节律上的显著特色。桂兴华用镜头扫描的技巧,用散文诗特有的跳跃,十分经济简约。文如其人,诗如其人,且如其所在地域:上海。

蔡旭

都知道写过10多部长篇政治抒情诗的桂兴华长于抒情,其实他的散文诗同样长于叙事。充沛的激情在流畅的叙述中奔涌,深刻的议论在细节的描写中闪光。叙述、描写、抒情、议论自由融合,诗美与散文美相辅相成,这正是散文诗的优势。

跋

一抹耀眼的鲜红

王伟

桂兴华主编《散文诗的新时代：2000—2021中国散文诗精选》付梓出版，相关系列讲座随之开讲，让人深切感受到诗人那源源涌流的诗情、澎湃不已的壮心！

桂兴华是一位激昂高歌的红色主题文学作品的创作者，一位富有责任感的红色文化传播者。多年来，他以自己绵延不断的笔力，谱写下无数激情洋溢的诗行，让一段段红色的历史化作生动的形象，随着诗的韵律而跃动，进入人们的记忆和心灵。他的创作和传播实践，为上海文坛增添了一抹耀眼的鲜红色彩。桂兴华也是一位深切关注现实的诗人，不仅把目光投向那些值得铭记的过去，更时刻留心正在演进的当下、倾听来自时代的声音。他在宏大叙事之外，又特别把大潮流中虽然微小却蕴含丰盈的印记，模刻于诗句中，使之成为人们正在铸造的历史的一个个鲜活的印证。

从诗歌创作上说，桂兴华是一位难得的多面手，其作品涵盖的题材、运用的手法是丰富多彩的。

而在长期的创作实践中,亦诗亦文的散文诗是桂兴华深有所爱的文学样式,和他投入更多的朗诵诗异曲同工,都是表达自我多样情感的得心应手之径。

以桂兴华的丰富创作实践,和连接历史和现实的眼光,可以相信,由他选编的散文诗集,将向人们展示一个散文诗的"新时代"。

2022年1月24日于上海

"红色主题"的文化内涵

何建华[*]

在大自然的色彩中,红橙黄绿青蓝紫七色中红为先。红色代表着吉祥、喜气、热烈、奔放、激情、斗志,还象征着具有驱逐邪恶的功能。中华民族对红色可以说是情有独钟,怀有崇敬。中国共产党人在黑暗的中国点燃了中国革命火焰,推翻了压在中国人民头上的三座大山,建立了新中国。红色,是近现代中国革命的原色,人们用红色赞颂中国共产党为"红色政党",用红色形容革命根据地以及中国革命,红色无疑成为中国人民心中最为鲜亮的一道色彩,用红色来礼赞中国共产党和中国革命。

沐浴着党的阳光雨露健康成长的诗人桂兴华,底色无疑是红色的,他将毕生的真挚情感倾注于对红色的礼赞。早在 1993 年,桂兴华就创作出版了作为新时期以来中国第一部政治抒情长诗——《跨世纪的毛泽东》。此后,他连续创作推出了《邓小平之歌》《中国豪情》《祝福浦东》《永远的阳光》《青春

---

[*] 何建华,上海社会科学院研究员、原副院长,上海文化研究中心首席专家。

宣言》《智慧的种子》《又一次起航》《城市的心跳》《前进！2010》《金号角》《中国在赶考》《领跑者》等13部长诗和《南京路在走》等7部散文诗集。

桂兴华以诗人的激情为我们展现了一幅党的红色传承的史诗般画卷。视角从微观切入，激情从细节喷出，以极强的艺术感染力唤醒了我们心中珍贵的红色记忆。桂兴华以自己饱蘸真情和充满魅力的红色颂歌，为我国诗歌界平添了一道华彩乐章，在文坛上连续引起反响。

事实上，自从他的长诗《跨世纪的毛泽东》于1993年推出以来，他不断接到来自各地、各界的邀请，定向创作反映宏大历史与时代风貌的作品，再加上他的自身情怀与志向，这些年来，他已经成为当代少数走过整条红色之路的诗人。从南昌、井冈山、韶山、广安，到红军长征路、延安、西柏坡，直至深圳、浦东、西昌发射基地，一系列源于史实、发自内心的吟唱，组成了他的红色系列链条，几乎涵盖中共党史、新中国史、社会主义发展史和改革开放史。

被人们赞誉为"红色诗人"，桂兴华欣然接受，毫不回避他本人和诗歌两个鲜明的字：红色。开始的时候，可能也有人质疑，但是现在看来：红色，是桂兴华一种很朴素的本色，是与新中国一同成长的这代人的感情凝聚与精神家园。有人说，在当下的中国，颂歌的时代结束了。事实上，我们从桂兴华矢志不渝创作的实践和成就中不难看到，在文化多元的背景下，红诗仍然不失感人的魅力,关键在于要用真心、抒真情、写真意!

桂兴华甘愿孤独,不谋功利,倾情潜心创作。他患有哮喘,发作时晚上常常要垫两个枕头还难以入睡。他的很多作品,是伴着他的咳嗽声,在急诊室里完成的。诗人豪情满怀、语言优美、笔触细腻,形象化、视角新、角度巧、气魄大、全方位地表现了许多可歌可泣的领袖人物、先贤英烈和广大群众的风采,发人深思,使人昂奋。沪上孙道临、秦怡等许多著名艺术家朗诵、吟咏桂兴华的"红诗",情不自禁对诗人产生敬意。桂兴华作品的亮点是:不空洞、不空谈、不空吼。一个诗人对历史与现实的审视与观照,不是通过"口号"传递信息,而是运用深入细致的艺术手法进行诗意表达。著名诗歌评论家谢冕所言:桂兴华的诗是跨世纪的歌唱。

作为"红色诗人",桂兴华倾力推动红色文化走近大众。他在上海浦东新区塘桥街道成立工作室(桂兴华诗歌艺术中心),说自己曾经是塘桥的居民,现在又回归塘桥,经常与普通市民和各界人士组织诗歌朗诵活动。20多年来,桂兴华以连续20部作品及由此策划开展的近百场大型配乐朗诵公众活动,让诗和散文诗走近人民群众,使社区居民可以近距离朗诵、吟咏、欣赏红色主题,桂兴华伴随着伟大时代的节拍前行。北京冬奥会期间,他饱含深情用散文诗写给16 731支用于颁奖的绒线花:"献上你,早春二月最早盛开的笑/献上你,冰天雪地最暖的江南春/献上你啊,五环旗下最艳丽的中国花朵。"去年中秋时节,他获得第二十届国际诗人笔会颁发的"中国当代诗人杰出贡献金奖";上海广播电视台离退休工作党委授予他"2021年度优秀共产党员"。今年春天,上海市退管会经层层推选,桂兴华被列入上海市"老有所为"杰出典型人物之一。

桂兴华主编的《散文诗的新时代:2000—2021中国散文诗精选》将由上海社会科学院出版社付梓出版,将继续弘扬主旋律、传递正能量、彰显艺术性、体现感染力。

埋头苦干的领跑者

王慧骐

桂兴华是一位跨世纪的诗人。其写作诗歌的时间至少已有 50 年,甚至更长——他 1970 年从上海到安徽插队,成为知青后就开始写诗,一直写到当下,且一点没有衰退的迹象。一个诗人的创作生命力能保持如此久远,这在中国诗坛上大约也算凤毛麟角。

这只是看了时间轴,而在另一根空间轴上,桂兴华也足够强大。他不仅十分活跃,而且无比丰富。我甚至想像他就是那个生有三头六臂的哪吒。

我最早知晓他,是 1980 年代初,当时他已在全国各地报刊发表了 300 多首散文诗,最显著的特色是写都市生活。对各种百姓气象,尤其是底层人物他有了很自觉的、较为深度的介入,这在当时尚属鲜见,因此也就很自然引人注目。

1987 年,他主编了一本《散文诗的新生代》,为那个年代的一批散文诗写作者留下历史存照。对散文诗后来的日渐火热,桂兴华功不可没,用现在的话说,当年他就是这个领域一位重要的推手。他立足于中国最前沿的大都市上海，地利之势加上他的创作实力，给了他登高一呼的胆识和勇武。若干年后反观这段历史，我以为散文诗的发展史上应当刻录下桂兴华的名字。

进入1990年代及至后来的日子里，桂兴华的主要精力，放在了政治抒情诗的写作和将这一具有中国特色中国气派的艺术形式面向全社会的大力推广上。

自1993年创作了我国新时期以来第一部歌颂领袖的长诗《跨世纪的毛泽东》之后，他又出版了10多部可供朗诵的政治抒情诗集，均涉重要历史人物和重大历史事件。通过这个特别的发力点，桂兴华所释放出的能量，和在艺术思想上的锋芒毕露，令他赢得了"中国个性最为鲜明的红色诗人"的光荣称号。

诗歌以外，桂兴华在报告文学创作上的业绩也一样骄人，先后出版《东方之珠》等多部富有激情和兼具史料价值的报告文学集。记得1993年我任主编的《东方明星》杂志在南京创刊，创刊号上就发表了桂兴华对舞蹈家周洁的人物专访。应当说在多种艺术样式的相互打通上，桂兴华进入了一个令人艳羡的自由世界。

我与桂兴华开始信件往来是在1983年。当时，他已经以在为罗中立油画《父亲》配诗的大赛中获得第一名的成绩，被《文学报》看中，担任了记者、编辑。

1984年10月，桂兴华组织了一次关于他作品的研讨会。没有任何排场，会场就放在虹口区工人俱乐部一间类似于大教室的屋子里，会标是用粉笔写在大黑板上的几个美术字。出席者近40人，来自上海市各个领域，都是写诗的。《文学报》当时的社长、老一辈作家峻青先生被桂兴华请来了，诗人冰夫、肖岗、黎焕颐、赵丽宏等也都来为兴华鼓劲。我当时是上海市以外的唯一一名特邀代表，而且事先准备好一篇长达6 000字的探讨桂兴华都市散文诗现实意义的文章，被他安排作为主题发言来讲，感觉是抢了讨论会的风头。

我发言："兴华的难能可贵之处，正是在于他具有一种艺术家的胆识，面对那些左右着人们多时的陈旧观念，他凭着自己的深思熟虑，一步一个脚印地把追求化为现实，他高高地张扬'都市特色'的旗帜，为之争得在散文诗园地中理所当然的位置"。对这次讨论会，上海人民广播电台做了专题实况报道，《文汇报》也发了较为翔实的新闻通讯。而那一天是我第一次见到桂兴华。

后来是1993年，桂兴华写出了3 000多行的滔滔长诗《跨世纪的毛泽东》。其中有许多诸如"他诞生在最寒冷的冬天，却将阳光洒向亿万人的心田"那样的妙句。那时，我已调到江苏文艺出版社当副社长，他把长诗抄寄给了我。

那年是毛泽东诞辰100周年，我觉得这是一个相当重要的选题，迅即向社里申报，省出版局很快拍板，要求作为特稿来处理。我自告奋勇担任了此书的责编，当年11月新书就印制出来，桂兴华派人取了一些样书，在上海燎原电影院策划了这本书的首发式，我也专程赶去参加。

到了1996年底,桂兴华带着凤阳的乡土气息,押着浦东的打桩声韵,写完了又一部轰动整个诗坛、及时表达对总设计师深情的力作《邓小平之歌》。这一次,他仍旧非常信任地把已经在《开放月刊》连载的长诗,托付给我所在的江苏文艺出版社出版。

尽管后来,这两部政治抒情长诗都在上海再版,但他一直记着江苏文艺出版社,记着那红色长诗诞生的前前后后。这一次他领衔编选《散文诗的新时代:2000—2021中国散文诗精选》,嘱咐我一定写几句。我以为也正是对我们之间交往的一种看重。

早几年,我写过一篇文章,题为《散文诗阵地上的那些老兵》,描写了几位同时代的耕耘者,第一个便是桂兴华。几十年了,这方阵地上他一直没有离开,每年都有新作发表,而且他的排兵布阵也都别出心裁,始终有独特的个性风采。

重要的是,他的身上还有一种舍我其谁的使命感,他要做某项事业的组织者、建设者和倡导者。就像当年主编《散文诗的新生代》旨在发掘一批创作的有生力量一样,在21世纪走过了20年以后,散文诗有了众多的年度选本和类别选本的背景之下,他试图展示散文诗坛老中青几代人的最强阵容而且是比较齐整的聚首。

选本特点是:大浪淘沙,好中选优,哪怕你出过10本20本诗集,对不起,我也只选你的代表作,请拿出这20年里你认为最好的散文诗。桂兴华要打造的是一本真正意义上的"精选"。

据我了解,为这本书他用了好几年的时间,联络、审稿、写评点,每一项他都亲力亲为,倾注了许多心血。我翻看了一下初步确定的篇目,这个领域里的活跃人物,无论天南地北,几乎无一遗漏。许多诗人入选的作品也都是有口皆碑的。这让我们有充分理由对这部作品充满期待。

兴华与共和国同龄,专注于诗歌创作及其大众传播长达近半个世纪。干了许多件第一个"吃螃蟹"的事。不久前举行的第20届国际华文诗人笔会上,他被授予"中国当代诗人杰出贡献奖",颁奖词中称他"为当代诗歌体现中国气派中国风格做出了卓越贡献,是这个领域的领跑者"。

纵观他这些年留下的足印,兴华实至名归,当之无愧。

2021年10月21日凌晨于江苏盱眙天泉湖

备忘录

有关理论文章的索引及要点

20年坚守——见证新世纪中国散文诗的辉煌（要点）

邹岳汉

21世纪之后的头20年是中国散文诗走向大繁荣的20年。这20年间,我主编的这部散文诗年度选的书名和出版社虽然有一些变化,但这一项工作却从来没有间断过,到今年这一本《2019中国年度作品·散文诗》出版,刚好出齐20本,约550万字。对于浩瀚的历史长河来说,这不过是一沙一沫,而对于刚刚走过百年的中国散文诗,也算是一段不可忽略的重要经历了。

2001年3月22日,我接到漓江出版社第二次打来的电话,明确提出让我为他们主编每年出版一册的《中国年度最佳散文诗》(它是漓江出版社"年选系列"25本中的一本)。2001年8月,《2000中国年度最佳散文诗》正式出版发行。这是中国散文诗史上第一部,也是第一次与小说、诗歌、散文等文学体裁的年度选同时出版的散文诗年度选本。

散文诗年度选的诞生,反映出20世纪末、21世纪初新旧交替之际,中国每年发表散文诗作品的数量和质量,都已经达到可以承载一部散文诗年度选的程度,同时也反映出经过《散文诗》等专门的散文诗书刊多年来的市场培育,读者对于"散文诗"这一文体需求的迅速增长。

《2000中国年度最佳散文诗》印数3 000册,还带有试探市场反映的因素;但到第二本《2001中国年度最佳散文诗》印数就达到8 000册,增加一倍以上;《2002中国年度最佳散文诗》印数达1万册,年中脱销,出版社还曾加印了一次。这种令人振奋的态势一直延续到2010年前后,不仅给散文诗界带来一股清新蓬勃向上的气息,也带动了出版界,兴起了争相出版"散文诗年度选"的热潮。从2015年开始,我主编的这部散文诗年度选转到北京的现代出版社出版,到2020年已出版5卷。这20年里,我从一个年度选主编的视角,见证了中国散文诗进入21世纪以来的发展和繁荣。

2003年,《散文诗世界》通过出版社恢复出版双月刊,尤其是该刊于2006年下半年获准公开发行;2007年改为月刊。

与此同时,《散文诗》2004年起增加"校园文学"下半月刊,由全年出版12册扩展到全年出版24册。21世纪的头10年,在发表散文诗原创作品方面,逐步形成了《散文诗》与《散文诗世界》两个刊物"双雄并立"的大格局。2007年起出版的《伊犁晚报·散文诗专页》(月刊,至2018年底停刊,历经12年出版140余期),又为散文诗年度选的主编者提供了专业的、更为广阔的稿源。进入21世纪第二个10年,散文诗发表园地扩展的势头没有停顿下来。

2009年底至2013年,北京"我们散文诗群"推出包含分行新诗和散文诗原创作品的《大诗歌》，连续5年出版5册，另出版以原创作品为主的《我们·散文诗丛》5辑42册。

还有以发表原创散文诗作品为主的《中国当代散文诗》（2005—2018，共9册）以及《散文诗作家》（2009—2013，共出版5册）。2012年1月，《文学报·散文诗研究》专刊创办，历经5年；随后《湖州晚报·南太湖散文诗月刊》创办延续至今。2013年1月，老牌诗刊《星星诗刊》下旬版《星星·散文诗》横空出世，至2019年底已连续出版7年。

与此同时，以发表分行新诗为主的《诗潮》《诗刊》《上海诗人》《扬子江诗刊》《中国诗人》《中国诗歌》《绿风》，综合性文学刊物《青年文学》《山东文学》《伊犁河》《青岛文学》《福建乡土》，《海南农垦报》《北海日报》《宣城日报》《湛江科技报》副刊以及民刊《淮风》《大沽河》《大河诗刊》《小拇指》《蓝鲸诗刊》《大巴山诗刊》等先后设立了散文诗专栏或副刊。

这期间还出现过一批专门的散文诗印刷品，其中出版多期且颇有影响的有《散文诗人》（广东）、《散文诗天地》（福建）、《青年散文诗》（广东）、《索桥散文诗》（湖南）、《中国散文诗刊》（内蒙古）、《源》（新疆）、《中原散文诗》（河南）、《江西散文诗》等。此外，香港地区有2001年初创办的《香港散文诗季刊》，至今已有20年历史；随后有同时发表分行新诗与散文诗新作的《圆桌诗刊》《橄榄叶诗刊》；在美国出版的则有华文《常青藤诗刊》等。我主编的这一套散文诗年度选本，既是进入21世纪20年来散文诗创作繁荣的产物,也是散文诗创作走向繁荣的见证者、参与者、推动者。这20年也见证了散文诗创作队伍的新老交替。至今笔耕不倦的耿林莽先生,以及这期间相继辞世的前辈散文诗人郭风、许淇、李耕等,都在本人主编的年度选里留下了他们具有探索精神的晚年佳作;这20年也见证了新一代散文诗人的成长,比如每年进入本书"年度十佳作品"的作者,其中90%是中青年。2009年以后酝酿、兴起的"我们散文诗群"以及稍后出现的"南太湖散文诗现象"等,也在本书里有着一定程度的展现。

这20年里,也先后见证了2007年"纪念中国散文诗90年"和2017年"纪念中国散文诗100年"的盛况。20年间我主编的这套散文诗年度选,相对于其他出版社相继推出的同类型的年度散文诗选而言,它的影响力长期居于前列。这源于它逐渐形成了如下几个特色:

一是收罗广泛,众星云集,琳琅满目。如本年度编入230余人的作品,作者数量之多,超过一般同类选本的一倍以上。全书分设"年度十佳""我们散文诗群""荷塘·香雪""弯刀·藤蔓""乡村·乡情""秀美山河""高原·西部""东方情韵""季节的歌""动物王国""名家新作"等20余个栏目。

二是对于公开发行的知名报刊予以重点关注。比如,2015年度首栏推出了"名刊、专刊作品荟萃";同时对地方报刊或是民刊上的优秀之作也力求不遗漏。比如,分别编入《2017中国年度作品·散文诗》和《2018中国年度作品·散文诗》首栏"年度十佳作品"的《长安,长安》《与姐姐书》《茧船》等就是选自一般读者很难见到的地方文学刊物《宜宾文学》《山东文学》(下半月版)和《大沽河》。

三是唯质是取,优中选优,创造性地推出"年度十佳作品"。从2011年度开始,进一步把原来分散在各个栏目里的拔尖作品归拢一起,每年推出"年度十佳作品"。开卷就能见到赏心悦目的精品,受到读者欢迎。可编者要遴选出"年度十佳作品"则颇有难度。就读者而言,"众口难调",对同一作品,处于不同审美层次的读者会有不同的感受与评价;对于作者来说,谁都难免有"文章自己的好"的偏向。这样,承受来自读者与作者两方面压力的编者,不仅要有识(有独立的审美判断)、有胆(有不怕引来争议的自信),还要有在精力和时间上不计得失的巨大付出。而若能为读者提供精品,并能为中国散文诗发展的历史留下一些有代表性的文本,又感觉是一种弥足珍贵的回馈和幸运。

四是独具匠心设置"附录":简明地罗列本年度全国散文诗界的重大活动、评奖、出版信息,读者从中可以大略知晓全国散文诗界的现状,多年的积累也许能为当代散文诗的发展描绘一条比较清晰的轨迹。

坚守散文诗的"诗性"品质,则是贯穿这20册年度散文诗选本的底色与灵魂。从1985年底创办《散文诗》起,我就把散文诗作为新诗的一个品种看待。我曾于1987年12月在《散文诗·全国首届会龙散文诗大赛获奖作品专辑·序》里写道:"世界属于青年,诗属于青年。这届空前的大奖赛属于青年;当然也属于那些年华凋逝而诗心旺烈如火的诗国青年。"在我眼里,散文诗就是用散文形式写的一种新诗(分行新诗和不分行的散文诗同属广义新诗的范畴);所谓散文诗人就是诗人。

被谢冕称为"是一位创作、评论和学术研究同时并举的全面发展的新学者"的罗小凤博士,在她发表于《诗探索》2010年第5期的《边缘之边缘的"突围"——新世纪十年来散文诗发展态势探察与反思》一文中,对于当时市场上流行的两种"散文诗年度选"列出表格仔细对比,对本人主编的散文诗年度选坚持散文诗作品的"诗性品质"予以较高而切实的评价。

2020年1月3日于益阳

论新诗的叙事与抒情
——以散文诗为例（节选）
韩嘉川

著名散文诗老作家耿林莽先生在《从"诗言志"说起》的文章中谈道："在散文诗中'言志'并不是一件轻而易举的事，比在小说和散文中叙事，难度大得多，因为她是诗！"沿着耿老先生的定位，谈散文诗，还是要从诗的叙事属性谈起。

一

《歌与诗》一文的第一节，阐明了歌的抒情本质。感叹虚词，譬如"兮""噫"在歌中的作用，以及前面的实词的意义，"严格地讲，只有带这类感叹虚字的句子，及由同样句子组成的篇章，才合乎最原始的歌的性质，因为，按句法发展的程序说，带感叹字的句子，应当是由那感叹字滋长出来的"。"感叹字是情绪的发泄，实字是情绪的形容……前者是冲动的，后者是理智的。由冲动的发泄情绪，到理智的形容，分析，解释情绪，歌者是由主观转入了客观的地位。"实字用得愈多、愈精巧，情绪的传递愈有效,原来的感叹虚词便显得不重要,而渐渐退居附庸地位,甚至于省去,便失去了歌的原有意味儿。而"在歌里,'意味'比'意义'要紧得多,而意味正是寄托在声调里的"。因此,闻一多先生得出结论:"感叹字确乎是歌的核心与原动力,而感叹字本身则是情绪的发泄,那么歌的本质是抒情的……"

二

散文诗是与新文化运动以来的新诗(自由诗)共同发展的,原因出自散文诗具有叙事的本质属性。也就是新诗把本该应有的叙事功能"排出诗外",或"掩盖了、遮蔽了'事件''事物'",而散文诗把这个被"遗弃"的功能沿着"诗言志"的原点延伸过来,尤其是衔接了波特莱尔、屠格涅夫,以及里尔克、兰波等西方现代文学从理论到实践的影响,使之发展壮大了起来。这就是孙基林先生所言:"那些曾被遮蔽现在又得以呈现的新的要素。"

《巴黎的忧郁》翻译者李玉民这样认为:"如果说《恶之花》的诗往往由思想引领,那么《巴黎的忧郁》诸诗则偏重描写,类似寓言故事,有人物,有情节,再从故事中得出一种观念性的结论。"(《巴黎的忧郁》译本序)波德莱尔仅以《恶之花》和《巴黎的忧郁》两部诗集,就登上时代的高峰,同雨果等大诗人比肩,是现代派诗歌的先驱,并被奉为象征主义文学的鼻祖。从1980年代初《巴黎的忧郁》亚丁先生的译本产生了很大影响以来,对于作品中的叙事特性，始终被其"审丑"，从丑恶中写出美的现代美学观点所遮蔽，没有引起足够的重视。而其叙事性恰是其由《恶之花》转向《巴黎的忧郁》，被其称为"小散文诗"的重要原因，甚至有些篇章是由《恶之花》中的某些诗篇改写而成，更说明了这一点。

如果说《巴黎的忧郁》从西方现代文学证明了散文诗的叙事性功能，那么是否散文诗就是要还"志"的"记忆""记载"本质性能？还不尽然。诗，是志，是史，也可以是故事。散文诗的存在意义，就在于她可以有叙事的功能；尤其"记事以言志"中的"记事"，就是一个方法问题，也就是如何叙事，才是散文诗可以充分发挥的特性。

闻一多还认为：一时代有一时代的主潮，"在这新时代的文学动向中，最值得揣摹的，是新诗的前途"。比如战国秦汉时代的主潮是散文，那么中国古代诗歌曾一部分"服从了时代的意志，散文化了"，于是成就了楚辞、汉赋。而现时代的主潮是小说、戏剧，那么"诗的前途"便是"小说戏剧化"，"在一个小说戏剧的时代，诗得尽量采取小说戏剧的态度，和用小说戏剧的技巧，才能获得广大的读众"。

而"诗歌是抒情的，同时也是叙事的，因为这类诗只是以客观叙述节制主观情感，本质上并未排斥情感，因而能够达至叙事与抒情的和谐、平衡，这也是闻一多的《歌与诗》中所极力赞赏的理想诗歌形式"（孙基林）。从这里便可认识到耿林莽先生所言："叙事不可以贪多求全，不可以啰嗦烦琐，不可以枯燥无味，而必须具有感人的抒情色彩,充沛的诗的意境,尤其是,必须满足人们对散文诗很高的审美需求。"

所谓的散文诗,是否随着新诗的发展应运而生,使之成为以诗为体、以散文为外衣的一种可以与新诗并列的文体,姑且不去讨论。从闻一多上述观点的角度出发,楚辞、汉赋因散文化了,应该是今天所说的散文诗了,而小说与戏剧加入的话,又该是什么呢?因而,回到"诗言志"本身,无论其披着什么外衣,是否都可以理解为诗的不同表现形式呢?也就是,沿着诗的"叙事"性脉络,合理地吸收散文、小说、戏剧的表现技法与形式,进一步丰富诗歌的表现形式与内容,这是散文诗作为诗歌的一种而存在合理解释。

三

1980年代初,我有一个疑问,那就是既然有自由诗,为什么还要有散文诗?用写自由诗的方法写出的散文诗,除了在外形上的舒展与放松之外,还应该有什么?尝试着把小说的因素加入其中,确实取得了不同的效果,但是并不被普遍认可。也许没有尝试得好,也有人们观念的认同问题。苏芮为电影《搭错车》配唱的《酒干倘卖无》,就是依附一个凄婉的故事而抒情的歌曲,给了我一个理论上的启发:用叙事的方法抒情,用抒情的方法叙事。并且明确地进行尝试与探索。现在看来,是与闻一多先生所考证的

"于记事中言志"或"记事以言志"是相吻合的。

构思,可以有故事,但不是讲故事,更不是小说片段,既不能像小说、散文那样铺展开来写,又不能用那种完整的来龙去脉的构架,故事的"蓝本"在这里只能是一个核,采用叙事性文学的要素"情节",就足够了。

艾略特在《诗的三种声音》中提道:"第一种声音是诗人对自己说话的声音——或者是不对任何人说话时的声音。第二种是诗人对听众——不论是多是少——讲话时的声音。第三种是当诗人试图创造一个有韵文说话的戏剧人物时诗人自己的声音;这时他说的不是他本人会说的,而是他在两个虚构人物可能的对话限度内说的话。"前两种是主观的,而后一种上帝的视角俯瞰式的声音虽然不是前台的声音,但同样是主观的表现。

四

散文诗是诗,且应是具有叙事因素的诗,那么关于波特莱尔之所以在写出《恶之花》之后,促使他又写了《巴黎的忧郁》,除了叙事的特性外,还有一个重要的原因,是他要抛弃"真善美不可分割"的观念。"什么叫诗?什么是诗的目的?就是把善跟美区别开来,发掘恶中之美。"他认为,只因善与真已经脱节,而恶才是真实的。《巴黎的忧郁》又名《小散文诗》,"这还是《恶之花》,但更自由、细腻和辛辣"。在这本散文诗集中,可以看到诗人对肮脏、畸形的现实社会所进行的淋漓尽致、疾恶如仇的讽刺和挖苦,对传统、腐朽的世俗习气的无情鞭打和猛烈抨击;可以感受到诗人某些寓意深刻但又难以捉摸的纤细的思绪。他认为,"艺术有一个神奇的本领:可怕的东西用艺术表现出来就变成了美;痛苦伴随上音律节奏就使人心神充满了静谧的喜悦"。是否可以说,因为波特莱尔所具有的那种对社会观察的从细微到内心的强烈感受,让其在应用上选择了散文诗。"想象力只是模仿,批评精神才是创造……没有批评精神,就没有任何名实相符的艺术创造……"(王尔德)。因此,散文诗在表现方法上除了像闻一多先生所言:"在一个小说戏剧的时代,诗得尽量采取小说戏剧的态度,和用小说戏剧的技巧,才能获得广大的读众",还有就是应该具有社会性,表现出诗人对社会观察的所思所想,甚至是一种态度与立场:善既然已经与真脱节了,那么恶就变得真实了。而"发掘恶中之美"便成了波特莱尔写散文诗的重要使命。

　　有人认为文学是审美的并不是审丑的,而在波特莱尔这里却是审丑的,在社会的丑恶中发现美,挖掘美之所在,从而成为现代主义文学的先驱;与之相同,我们从鲁迅的《野草》中,也体味出这种内涵。《复仇》是一个故事的情节,两个人对立着,在旷野上,裸着全身,捏着利刃,不杀戮也不拥抱。而看热闹的人终于失去了兴趣,没有看到想看到的。看客到了极点的冷漠,是怎样的一种丑恶?鲁迅回答有人对《过客》的看法:"《过客》的意思不过如来信所说的那样,虽然明知前路是坟而偏走,就是反抗绝望。因为我以为绝望而反抗者比因希望而战斗者更勇猛。"在鲁迅的若干作品与文章中,他却很看重《野草》这部薄薄的册子,其文学成就之高,是至今的研究者所共识的。"他认识到现代主义文学的一个关键部分:现代主义是冷的、恶的,而这种'恶'又是矛盾修辞法的'恶',是《恶之花》的'恶',其美感形式是立体的,不是单向度的。所以鲁迅在写作前,在理论准备上已经是个非常强的现代主义者。"(《张枣随笔选》,人民文学出版社2012年版)

耿老在《散文诗:美而幻》一文的开头写道:"散文诗是什么呢?是感觉,是印象,是情绪,是思想与情感波动的流,是外部世界与心灵世界的汇聚点……"之所以要强调"社会性",是因为我们沿着波特莱尔与鲁迅先生的道路往下走,在外部与心灵两个世界的汇聚点上,给散文诗以"诗"的本质,以"思"的使命,以叙事的功能完善散文诗的存在意义。

综上所述,散文诗作为诗歌的一种,除了具有新诗所具有的抒情性之外,还在于延续了"诗言志"理论中诗与歌结合,以叙事为依托的抒情,将"那些曾被遮蔽现在又得以呈现的新的要素"合理地加以应用;并且更广泛地吸收叙事性文学的成分,尤其在社会性方面继承《野草》的精神,使散文诗在新诗的发展运程中,以将叙事诗化的审美意义,具有了合理的存在。

《山东诗人》2017卷

强化散文诗的文体意识(要点)

陈志泽

散文诗是一种独立的文体。滕固发表在1922年第27期的《文学旬刊》上的《论散文诗》早就说过:"散文诗与普通文及韵文诗的界限却很难分;我在此地再说一下,譬如色彩学中,原色青与黄是两色,并成绿色,绿色是独立了。"中国散文诗学会会长郭风先生在他的《谈谈散文诗》一文中,曾明确表示他基本同意那家伦先生提出的有关散文诗与新诗的区别的见解并引录那家伦《散文诗同新诗的区别》一文中的一段话:"散文诗之所以能成为现代文艺园地中的一株奇葩,就是因为它舍去诗和散文的一些拖累,为了抒情,汲取了它们二者的优点而发展起来、丰富起来。它独立于散文与诗之间,而又兼有散文与诗的最佳美学特点。"郭风在他的文章中进一步作了阐述和分析。"散文诗汲取了它们二者(诗和散文)的优点"这一点极为重要。散文诗之所以是一种优秀的文体,在很大程度上,就是因为它既不是诗和散文,又具有诗和散文的"最佳美学特点"。通俗点说,作为独立文体的散文诗拥有了两种优势而不是一种优势,即拥有散文的飘逸美和诗的凝聚美两种美而不是一种美。

散文诗是不是一种独立的文体,应该说是早已不成问题的了。然而,在散文诗的发展历史和创作实践中,这个问题并没有真正解决。散文诗作者在创作散文诗时常常缺乏较强的文体意识。这是因为,创作的灵感来了,作者首先是在灵感的导引下,提炼和深化感受,寻找和捕捉感觉,而后下笔。至于写的是什么文体常常未及多加思考和"遥控"。从创作规律看,这似乎是不错的。从感受出发而不一定同时从文体出发,也许不受文体的羁绊,往往写出好作品,但不一定是散文诗。从作者个人的创作看,原先是想要写散文诗的,却写成了散文、抒情散文、有一定诗意的散文或"散文形"的诗歌、不分行的诗歌。这种事与愿违的现象是常见的。

散文诗独立文体的问题没有真正解决的另一个原因,也是最重要的原因在于:一是散文与诗的完美结合之难。散文诗的优秀与独立恰恰就在二者的结合上。"结合"两字概括了散文诗创作的艰难。郭风曾深有体会地说,想到它的严肃性,"我有时会流下泪来"。郭风所说的"严肃性",其实就是指达到散文与诗完美结合的散文诗创作之难。他还曾强调说,散文诗是一种可以出现杰作的优秀文体。没有散文与诗的完美结合之难的突破,散文诗恐怕成不了"可以出现杰作的优秀文体"。甚至失去其不可替代性而完全没有存在的必要。当散文诗作家未能驾驭这个"结合"时,不符合文体要求的,甚至写成散文或写成诗的非规范散文诗就出现在笔下,这是散文诗作家常犯的不自觉的"失误"。二是由散文诗作家自身审美偏爱所造成。厌倦于诗的某种拖累,对于高度精练、快节奏的"规范"的诗歌已产生审美疲劳,但还是特别钟爱诗意美。这就导致写的是散文诗,但忘记了散文诗这种独特文体的独特使命,忘记了散文诗应同时具有散文与诗的美学特点,把散文诗必须具有诗的本质或内核等同于近似于诗,甚或成为打散了的、不分行的诗。如此追求散文诗的诗化、向诗靠拢,好读是好读了,可以欣赏它同诗在形式上有了变化的某种新颖的美感。但这样的作品其实不是散文诗,而是不分行的诗。

散文诗的文体意识的重要性,坚守散文诗文体的散文诗与诗两种美学特点、两种优势、两种美,真正独立于散文与诗歌之间,是关系到散文诗创作、散文诗事业能否繁荣发展的至关重要的方向性的大事。

茅盾认为散文诗是"散文形的诗",他把散文仅作为诗的定语加以限制,似乎还不够准确与完整。柯蓝称散文诗"是二者(指诗和散文)渗透成的独立文体"。"散文诗不只是诗形式变了,还加进了散文的白描,大大跳出了新诗的范围,这就是诗的散文化"。(《中国散文诗创作概论》)郭风说过:"散文诗也许是一种披着散文外衣的诗,也许是一种具有诗的灵魂的散文。"郭风还提出,散文诗"往往能在极有限的篇幅中,表达某种十分美丽的情绪和心灵活动,某种深刻的哲理思想以及创造某种艺术世界和意境;它可能是一种最简洁的文体,又是一种在艺术上最富有独创性的文体。"许淇认为散文诗是"苹果梨",并明确提出"散文诗不依附于诗歌"(同时提出"散文诗不同于散文,特别是当今散文")。海梦认为"散文诗是散文和诗歌相结合而诞生的一种新的独立文体。是散文的浓缩,是诗歌的解放"。王幅明认为散文诗是"美丽的混血儿"。

散文诗自然同其他文体一样具有吸取众文体功能的特点,但吸取众文体功能不等于跨越众文体而成为不受文体约束的捉摸不定的飘游的东西。散文诗和其他文学作品一样,在吸取众文体功能的同时,只有在一种独立文体的框架内才能对于自身的独特的功能不断发展和逐渐的完善、完满。

遵循散文诗必须具有散文与诗两种美学特点的重要"标准",我读散文诗的"期望"当然首先是它必须具有诗的本质或曰诗的内核。散文诗诗的本质或曰诗的内核,体现在它具有诗的凝聚、诗的构思、诗的想象、诗的意境或意象、诗的象征(这可以说是散文诗为了诗的深度和丰富的涵盖量必须采用的极重要的手法)、诗的跳跃性或断层,以及诗的语言,等等,只不过这些方面或它们中某些方面是同散文的美学特点"化合"了的。我读散文诗的"期望"还想得到散文的飘逸、朴素、细腻、微妙、率真、平淡之美,以及运用散文独特的描摹功能,叙述和白描等功能,使她可能容纳时代背景、地理环境、风土人情、传说故事甚至科学知识、人物关系等内容的诗意融入。王光明以为,散文诗"内容上保留了有诗意的散文性细节"。王中才说:"写散文诗,往往把构思中的一篇散文的过程铺叙、背景交代等统统抽掉,只留下'文眼',以很短的篇幅,即可以创造出一篇长散文的意境。"当然,凡此种种,一样地需要同诗歌的美学特点"化合",而不是罗列的、机械的拼凑。我的阅读"期望"除了"结合""化合",或许还可用一个"融"字来概括,即诗与散文的融化、融合。

这里要着重说明的是它同时具有散文的美学特点。它十分难得地把散文的功能也融化在作品中了。

在诗的本质那么凸显的作品中融入散文的美学特点,诸如叙事,诸如质朴、自然以及口语的语言,从而形成轻松自如的语境等,这是不少散文诗作者常常顾此失彼达不到的。真正独立于散文和诗之间的散文诗,由于汲取了散文和诗最佳的美学特点,必然具有散文的飘逸美和诗的凝聚美,具有两种美的理想结合与呈现。

原载《散文诗世界》2008年第10期,被选为《2008年中国散文诗精选》(长江文艺出版社2009年版)跋

一个以个性姿态出现而自觉占据时代坐标的诗人——桂兴华（要点）

邹岳汉

读桂兴华作品，总有一种熟悉的亲切感和扑面而来的陌生感交织一起。

说是熟悉，他从1980年代开始活跃在中国散文诗坛且引人注目，到现在，他的名字和风格早已为读者所熟悉；说是陌生，就是说在他持续不断的散文诗创作生涯中，总是像在季节转换中一次次蜕壳的鸣蝉似的，于今同样伏在枝头热烈地鸣唱的，早已不是前些年的那一只——每每读到他的新作，往往出乎意料地让人眼前唰的一亮：作品切入角度的新锐，仿佛散文诗界又出现了一位给人们带来惊喜的新人似的。

他的散文诗创作，总是在不变中求变。总是展示出活生生的现实图景。在他笔下，只有具体的"南京路""人民路"或是"滨江大道"。哪怕是写入作品的一根白发，也必定是在某个直观的场景一刹那间所闪现出来的。情感抒发也都是从一定的环境中提炼、升华而来，这就使得他的作品具有了一定的叙事因素从而避免了空泛——而这也正是散文诗的特点和长处所在。

大的方向几十年没有变,而其深度、力度却在一步步扩展。从中,我们看出桂兴华作为一个上海诗人始终不改的初衷和他深入骨髓、一以贯之的上海情结,并随时代的前进逐步走向思想和艺术的成熟。

作为著有10多部政治抒情诗集的桂兴华,充满光明的色调与积极向上的正能量是无可置疑的。然而,我们只有在读到、充分理解他的全部作品之后,才知道:他在歌颂光明的同时,亦有对于某些实际存在的阴暗面义正词严的鞭笞,这时我们才看到一个完整的桂兴华。被誉为"红色诗人"的桂兴华,也是一个艺术上追求"前卫"的诗人。这在全国为数众多的政治抒情诗人中,他算是现存的一个特例。

近年来,桂兴华的探索又经历了两大转折:一是从生活小场景的短章向俯瞰式、长卷式、多部头的鸿篇巨制转换,在重大题材方面他都有长篇散文诗或分行新诗等重磅作品隆重推出。桂兴华的创作明显是在更高层次上,向个体生存状态体验的方向回归,作品更趋成熟也更有分量。

桂兴华不仅仅是一个激情澎湃、出色的政治抒情诗人,同时是一个对生活有着细腻观察力和深刻解析力的诗人;不仅能驾驭诡谲的历史风云于笔端,也能在简单平淡的生活中掘出甘美的诗的泉眼;不仅能够下笔千言,恣意铺陈挥洒;亦能以极短篇幅写出既有生活场景又蕴含哲思、精致纯粹的散文诗。

桂兴华是一个具有创造力的诗人。他率先在上海浦东新区，成立了全国第一家诗人个人工作室，成功地把诗歌朗诵纳入基层精神文明建设的组成部分。2013年，他还运用网络媒体在全国开展"草根散文诗"大赛。桂兴华以他个人独特的艺术风格在中国散文诗坛卓成一家，焕发出一股清新、别致而持久的魅力。

2015年1月5日于益阳（此文系《嘹亮的红：桂兴华研究图文集》序，作者系《中国年度散文诗选》主编）

人间烟火气 最抚诗人心——评蔡旭21世纪以来创作的散文诗（摘录）

崔国发

蔡旭出版的33部散文诗集中，21世纪20年来出版的就达22部，如此高产的散文诗作家，井喷式的创作实绩，在国内外散文诗坛恐怕绝无仅有，蔡旭不愧为散文诗创作"多快好精"的一个典型。

蔡旭的散文诗，最大的特点就是接地气。静水流深的日常生活，始终是他散文诗的矿藏，与那些在"超现实"轨道上空转的作家不一样，他总是喜欢坐在生活的一角，不停地勘察、不停地钻探，一桶一桶来自地层深处的"原油"越来越鲜活，一经他的热情点燃，立马就袅袅腾起一缕缕暖暖的诗的炊烟。他写的书，从来就没有脱离生活，远方的故乡、近处的家、身旁的贤孙、脚边的动物、海南的椰风、珠海之珠、温暖的河流等，都是他熟悉的风景，是他所向往的简单生活。他喜欢打捞思想的沉淀物，或者顺流而下，在生活的浪花中悠游、潜泳，无论微澜轻卷还是大波涌起，他都始终河水般地绵延，生生不息，滚滚向前，不断突破。他沉入生活的深处，不急不躁，不愠不火，始终保持微笑，就像他的散文诗一样,不动声色之中,却在生活流中隐约传出自然、社会与人生的回音。

蔡旭是一位"新"写实的高手。他写散文诗,善于抵达新时代信息资讯密布的生活现场,面对当下日常生活的真实形态,能够不断拓展散文诗的表现空间。他抓住那些与读者大众息息相通的"共情"的东西,飘升起寻常生活中的"烟火气",立志做一位"平民散文诗人",决不做不食人间烟火的"神"。他写的散文诗,散发着浓郁的生活气息,正如有的作家所言:"真正温暖的生活,一定是充满烟火气的""好日子从烟火中熏出来,沾染了烟火气息的生活才会有滋有味、有声有色。"他有一本散文诗集,书名就叫作《生活的炊烟》,诗人更多地介入生活、贴近现实,用心捕获城乡大千万象和生活中那些细微的感动。他在这本书的后记中强调:"此书写的,也如我以往写的一样,大多是身边平淡无味的生活,也是众所周知的人间烟火。当然,我希望能写出一点'生活味'。"

蔡旭的散文诗,看起来很"淡",但淡而有至味;读起来很"浅",却辞浅而义深。从他21世纪20年所出版的集子中挑出了12章作品,我越来越感觉到,他的散文诗的特点,大抵是关注现实和"平凡的世界"中的人和物,与新时代如火如荼的现实生活短兵相接,善于表现平凡人物的不平凡,或寻常事物的不寻常,往往融入个人的生活经验与生命体验,寻找朴实无华的诗意与深意,叙常人之事、抒平民之情、阐万物之理。无论现实的隐喻、投射与批判,还是生活的感悟、观照与表达,都习惯于借助朴素的笔墨、日常的细节与温和微妙而不乏机智的语言来实现。

文学是人学。蔡旭的散文诗,把焦距对准身边尘世生活中遇见的三教九流、各色人等,写出了人世间的众生相和千姿百态的人性与人情,以及人在当下的生存状态与生存本相。

作者笔下的"人",大抵可分为三类:其一,"小人物"。但这些"小人物"却不是俗世中的"零余者"。这些普通劳动者的无私奉献与辛勤劳动,理应引起全社会的尊重,因"每个人都了不起",而有时在世俗鄙夷的眼光里,他们是挣扎在社会底层的"边缘人"、都市里的隐形人,甚至是低人一等的人、被人欺负的人。如《那个送快餐的人》写一个普通而又平凡、与时间赛跑的快递小哥,他"像一条鱼,在雨水中游,在汗水中游,在涨落不定的市场之潮中沉浮"。一幅艰难困苦的生活图景跃然纸上。我们从"时间不等人啊,不属于自己的时间更不等人""繁华也不属于自己""爬上不按电梯的楼宅,在那些没有钥匙的门外,忍着不喘出声气""在这个别人的城市,他几乎无须使用自己的姓名""似乎忙碌的蜜蜂,真的没有悲哀的时间"等句子中,不难体认"小人物"生活命运的辛酸与无奈,这一方面令人顿生怜悯与恻隐之心,另一方面让人思考为何普通劳动者在世俗眼里没有得到应有的尊重,作品又具有讽喻与警示的力量。《骤雨似乎要追杀一个无辜的人》则是借物写人,"一条条雨箭,在他的面前身后射落",写雨箭其实是写人,一帮追杀"正在赶路的那个人"的雨阵,由物及人,"雨阵"让人联想到包围、笼罩、封锁人的一伙歹徒。诗人抓住了"物"与"人"

的共同点进行暗示,作为这一现场的目击者,坐在公交车上穿过广场的"我"看到这一幕,在众说纷纭时选择了默不作声,最后一句"仗着强悍的势力去欺负一个无辜的人,我又不是没见过"。点明了题旨,令人警醒,发人深思。其二,亲情人物。如《那一双眼神》和《跟着孙儿看世界》。前者写"我"离家与母亲告别时眼睛对视的情景,后者跟随孙儿张望外面世界的画面,一老一小的眼神,映现出的虽都是亲情之美,但所表达的寓意则不尽相同。《那一双眼神》尽显母子情深的挚爱,特别是当我们读到"那一双95岁的光芒,已埋没在地平线以下",原先母亲爱的眼神不再闪现,"我的心,顿时也一片空白"时,我们也不禁悲从中来,潸然泪目,深受感动。在《跟着孙儿看世界》中,诗人写孙儿一双3个半月的小眼睛,迫不及待了,要看风景,看世界。"有什么好看的呢?这个世界,我一双浑浊的老眼,已看了60多年。一切都看惯了,看开了,看淡了。"但随着孙儿好奇的眼睛去看,世界却不一样了:"一切都那么美好。一切都可以那么美好。"这告诉我们不要戴着有色眼镜或用老眼光看世界,而要以全面、变化、与时俱进的眼光看大千,世界不是缺少美好,而是缺少发现,一次次新的发现。散文诗既以情感人,又以理服人。其三,平凡且见义勇为的好人。如《这些人》,写"口鼻被口罩掩藏,双眼被护镜遮挡,全身被淡蓝色工作服包装,连头发也被帽子屏蔽"的白衣天使,为了在疫情肆虐中抢救生命,他们"宁可消费着自己的生命"。诗人运用了"陀螺"和"永动机"等包含思想与情感的两个意象,讴歌那些无私奉献、不知疲倦治病救人的高贵品质。就是这些走在大街上擦肩而过时我们似乎无法认出而他们又是"那么高大、端庄、健壮,那么可爱可亲,那么美。他们又那么平凡"的人,才是新时代最可爱的人。这章散文诗告诉我们,散文诗不仅可以写人、感动人,而且能够记录与见证时代风云和重大事件,让人充分感受到我们这个时代的磅礴伟力。

　　蔡旭写散文诗有一个绝活,善于以物写人,借物写人,拟物喻人。他的咏物散文诗,实际上就是写人的散文诗。落笔在物,落脚是人,物性中显人性。如《高楼上的蚊子》,明明是想写千方百计"向上爬"的"人"的,却去写高楼上的"蚊子":"一只把我从梦中咬醒的蚊子,告诉我它也住在21楼/蚊子属近地生物,作为低级飞行员,直飞高度只有10米左右/我不明白这只蚊子,并非特别强壮,也不见有什么特异功能,它何以飞得这么高?/什么时候起,又凭什么,竟变成了天外飞仙?"诗人找到"高楼上的蚊子"作为象征物和暗示的媒介,让读者由此及彼,由物及人,诗中的两个设问句,引发了读者深邃的思考:为什么不强壮也没有特异功能的蚊子飞得这么高,而且变成了天外飞仙?它所寓示的话外音,即为什么一些平庸而没有素质与能力的人却能平步青云?物与人相融合,物人合而为一,物中见到人了。第二段诗人写道:"我乘着电梯直上高层,终于找到了痒痛的根源/这可恶的蚊子,也和人一样/千方百计,总会找到登攀的办法。"究其原因,是因为"不管有意无意,总有人给提供了——/爬升的捷径。"直陈少数领导在选人用人上的不正之风。诗人抓住了"物"与"人"共通的特点，读到的是"蚊子"，想到的却是人。这样写的好处，就是运用象征与暗示的方法，极尽散文诗讽喻与寄寓之能事，使作品思想深刻，蕴藉厚重。

原载《鸭绿江·华夏诗歌》2021年11月

盛大华美的大地交响曲
——一个传统文体的拓展与延伸

谢　冕

回顾几十年的笔墨生涯，我真正的文学创作，是从散文诗起步的。当然，和许多文学爱好者一样，引导我进入文学的是诗，是诗人的梦想。但我一开始就感到诗有天然的约束（分行以及音韵等），写着写着，就想冲破那约束，找一种既是诗的、又比较放松自然的文体。那时还不知道那是什么，其实就是现在我们谈论的散文诗。那时我写了也发表了不少诗，但我不认为那是我文学的起点，我的起点是一篇散文诗体的初中作文。除了写诗，我也写散文，但当年更多的写作和发表是散文诗。因此之故，我一直关心散文诗的发展，也发表过一些这方面的见解和主张。

2021年5月25日，诗人箫风转来罗长江给我的信件。信件来自湖南张家界，是关于散文诗创作的一封很专业的信。作者与我素未谋面，但他认真系统地读过我关于散文诗的一些文字，特别赞同我关于散文诗的一些粗浅的看法。读了他的来信，我感到亲切，引为未曾谋面的知音。罗长江的信中，转引了我关于散文诗的一些论述,特别是我关于在信守这一文体的独特风格的前提下拓展和绵延诗意的主张。"保持原样,不设边界,可以拓展,可以深刻,也可以凝重、厚重、沉重",并就我述及的"担当""拓展""深刻"等意蕴,完成了他的散文诗鸿篇巨著《大地五部曲》。

《大地五部曲》结构宏大,分别为《大地苍黄》《大地气象》《大地涅槃》《大地芬芳》和《大地梦想》5部,全书55万字,是一部宏伟的大地颂歌,也是迄今为止我读到的最长、最全面、最系统的散文诗鸿篇巨制。《大地五部曲》是一部我称之为盛大华美的大地交响曲。想到他的这番创作构想与我有关,内心深为感动,也为他的成功致贺。

散文诗是一种特殊的文体,简单地说,这一文体就是散文为其形态,诗歌为其灵魂。它是不分行的诗,而在它散文式的行进中,跳动着的却是诗的节奏和韵律。散文诗是一种对于诗的突破而又保留了诗的意蕴的一种散文。它的"两栖"的特性凝聚而成为一种优美、轻盈、灵动、隽永而始终高雅的特殊文体。散文诗这一体式在作家的长期实践中,形成了它的微小自然的形制。虽有鲁迅《野草》内涵宏阔深远的创作开局在先,但它的外形依然是小而微的。它一般不被认为具有号角和战鼓的性能。从早先墙角"三弦"的沉郁,到映着早霞的短笛的明亮,甚至河边陌上的叶笛的轻盈,人们对散文诗这一文体有自然的"认定"。

100多年来,许多人在散文诗这个有限的乐池中跳出了如花的舞步。在取得辉煌功业的同时,也有更多的作者在寻求"越界"的飞翔!他们寻求这一文体有更多、更大、更重的承载。他们希望散文诗走出"小微"的局限,而使之拥有与时代、历史结合得更为紧密也更为广阔的天地。散文诗始终在寻求着、积蓄着变革的热情,这热情如火山在凝聚着迸发的岩浆。

而此刻,展开在我面前的《大地五部曲》则是这一长久追求中的一颗耀眼的明珠。苍黄的大地有它的气象,涅槃的大地有它的芬芳和梦想,5个恢宏的乐章组成了关于大地的伟大交响曲。这位来自湖湘大地的诗人罗长江,终于把"野草"培育成了树林,把一曲乡间的叶笛奏成了博大恢宏的黄钟大吕。而这一切,是以高雅秀美的散文诗为基点而逐步展开融汇的。

人们注意到,这部博大华美的交响乐章的起点不是别的,竟是传统的"三弦"和"短笛"!一部关于人间世界和太空星河的伟大梦想的揭开,其"原点"不是别的,竟是作家热爱的桑梓之地大湘西!是的,是沈从文和黄永玉的大湘西,是曾经诞生了"边城"、如今诞生了"大地颂歌"的大湘西!贯穿整部的交响乐章,始终复现着"湘西"的奇美情调,这就是生长巨作的本土元素。立足于湘西,放眼于历史,想象于浩茫空间,罗长江以散文诗为基点和出发点,举步完成了一次跨时空、也跨文体的大超越。

罗长江是一位有准备的作家。诗、小说、传记文学、纪实小说、散文,当然更有散文诗,他拥有非常丰富的生活阅历和写作经验,他有自己的目标和追求,自言是"不甘平庸"的作家,这些长时间的、多种文体的写作,加上他"熟读"了关于大地的经历和经验,这些可贵的积累,如今都集中到这部鸿篇巨制中。

罗长江追求的是一部建立在散文诗这一基点上的史诗的建构。因为他深知散文诗这一文体的特性和局限,于是他要以巨大的魄力和决心,建造一种深沉宏阔的涵融今古、思接千载,既是中国的也是历史和世界的、凝聚而包容的交响诗——这就是他关于大地的伟大颂歌。

无所不在的湘西风情和中国意象,确立了这一交响乐章的基本主题。传统的中国五行:金木水火土,为宏伟乐章抹上了鲜明的中国底色,它们分别代表着关于大地的现实、历史和梦想。在此基础上抒写着作者对乡土文明、民族战争甚至历史街区演变的追怀与念想。抚摸历史,审视现实,畅想未来,罗长江把握和展开散文诗这一亲切的文体,圆满到达他所憧憬的表现重大题材与熔铸史诗品质这一重大的创作蓝图。

沅湘流域不仅有迷人的湖山盛景,更有丰裕的历史积淀,正所谓"惟楚有才,于斯为盛"。屈原在此留下他行吟的足迹,留下了《离骚》《天问》等伟大的诗篇。在民族争取独立解放的战争中,这里发生过可歌可泣的长沙保卫战、常德和衡阳保卫战等气壮山河的战斗。中国的士兵,大湘西的英勇男女为祖国流过鲜血。这些,造就了感天动地的大地气象。作者引用《九歌》的构架,用新的九章祭奠新的国殇。

鲜明沉郁的中国元素,成为交响乐曲中时时浮现的基本旋律。二十四节气，匹配着二十四首竹枝词，讲述一个村庄的二十四个故事，等等，随处可见构思的缜密和诗意的充盈。它的色彩是中国大地的色彩，它的音响是中国大地的音响，他的想象是中国大地的想象。"一双素手无人识，民间大美印花蓝"。一个美丽润湿的乡村早晨，正是青春期漫无际涯的季节，一卷水意森森的丹青，濡湿了整个江南。山那边仓庚的叫声，清凉的溪水，石头，丝丝草，银鱼跳动，还有碎米虾子。

以及，一夜之间，陌上的梅花开了，那支名叫《梅花引》的箫乐悄然而至。古典悠悠的清芬潓漫而至。出现了一位身着士林布旗袍的女子，她吹着洞箫……

这是一部结构缜密复杂的巨大交响诗。作家为了完成他的创作，调动了他毕生创作的积累，抒情的、叙事的，还有想象的。不仅仅是叙事，所以不能称之为叙事长诗，作为整部交响乐的基础是抒情的散文诗，但是它已完成了质的飞腾。所以，与其说是叙事的，不如说是抒情的，或者，更确切地说，是综合的。我注意到交响曲的《大地梦想》一章，这里出现的是西方音乐的意象和手段：广板，快板，行板，如歌的行板，叙事曲，回忆曲，幻想曲，复调，和弦，变奏……这样看来，它不仅是湘西，是中国和东方，它的旋律是世界的。祝福和庆贺，为散文诗，也为此刻我们阅读的华美和盛大的交响诗！

原载《文学报》2021年12月2日

有关散文诗的
选本及活动资料

1978年新时期以来,全国散文诗选的各种版本(不完全)

《中国散文诗选》(许敏歧主编,广西人民出版社1983年版)

《散文诗的新生代》(桂兴华主编,宁夏人民出版社1987年版,收入57人作品共147章)

《十年散文诗选》(李耕、秦梦莺主编,作家出版社1987年版)

《中国当代青年散文诗选》(顾文、冯艺主编,广西人民出版社1988年版)

《中外名家散文诗选》(强弓主编,浙江人民出版社1990年版)

《当代青年散文诗十五家》(高砚、李松樟主编,哈尔滨出版社1991年版)

《散文诗的新时代:2000—2021中国散文诗精选》(桂兴华主编,上海社会科学院出版社2023年版)

《星星·散文诗》近年举办的大型活动

2013年"中国红海杯"中秋主题全国散文诗大赛,《星星·散文诗》2013年第8期以小辑形式,为遂宁蓬溪红海生态旅游区进行富有文学性的宣传。来稿2.7万份,计6万多章。

2014年度"恒圣通杯"星星·中国散文诗大奖赛,《星星·散文诗》2014年第12期为获奖作品专号。获奖作者有张庆岭、贝里珍珠、包玉平、亚楠等。来稿2.3万多份,计5万多章。

2015年"月河月老杯"全国爱情散文诗大赛(两岸三地),《星星·散文诗》2015年第8期刊发作品专号。来稿4.7万多份,计9万多章。

2016年"大鲁艺"全国散文诗征文赛,《星星·散文诗》2016年第6—9期开辟专栏。来稿1.7万多份,计4万多章。

2017年"锦绣邻水杯"中国散文诗大赛,《星星·散文诗》2018年第1期刊登作品选。获奖作者有白瀚水(辽宁)、郭毅(四川)、方刚(河南)、陆承(甘肃)等。来稿2.3万份,计6.9万章。

2018年首届"苏东坡杯"散文诗大赛,《星星·散文诗》开辟6—12期小辑。来稿2 000多份,计1.3万章。获奖作者有洪烛、白炳安、张琳、罗国雄等。

2018年首届"茅台酱香杯"星星·散文诗全国青年散文诗人笔会。来稿3 000余件。编辑部选出30位作者。《星星·散文诗》(2019年第3期)刊发专号。

2019年"恋恋西塘"第三届全国诗歌大赛(含散文诗),收到2.6万余首作品。获奖作者有耿永红、苏欣然、林莉、张琳等。《星星·散文诗》2019年第11期刊发作品小辑。

2019年第二届"茅台酱香杯"星星·散文诗全国青年散文诗人笔会。来稿3 000余件。选出参加笔会代表20人。《星星·散文诗》2020年第2期刊发专号,编辑出版《酱香之爱》(第2卷)。

2020年3月1日—6月30日,中国开封第一届乡村振兴散文诗大赛。共有来自全国各地1 100余位诗人参赛,参赛作品4 800多章。许文舟、张琳、郭毅、王幅明等获奖。

2020年3月20日—8月10日,"放歌新时代,诗润石嘴山"全国散文诗大奖赛,收到3 721位作者1.29万余章散文诗作品,梦阳、水湄、林莉、王琪等获奖。

2020年6月2日—8月30日,第四届"恋恋西塘"全球诗歌大奖赛,内容为现代新诗、散文诗。收到2.8万余首作品。张晓晓、黄鹤权、辰水、王爱民等获奖。

2020年6月5日—7月30日,"南湖红船杯"全国清廉诗歌征文大赛,内容为现代新诗、散文诗。收到1 320余位诗人4 500余首作品。

2020年9月26日,扎西才让获2019"茅台酱香杯"星星散文诗年度大奖,雷霆、张敏华、鲜红蕊三位诗人获提名奖。星星·黄姚第三届全国青年散文诗人创作笔会如期举行。徐源、朝颜、青蓝格格（王晓艳）、三米深（林雯震）、蓝紫（周小娟）、石莹、安乔子、侯乃琦、易翔、赵目珍、陈德根、敬笃（李安伟）、转角（王玉芳）、笑嫣语（孙静）、苏启平、杨运菊、马文秀等参会。

"圆梦小康·幸福广安"全国散文诗大赛，2020年6月15日—10月31日，收到18 634章作品。风荷、王堂银、镜子、柳依依等获奖。

2021年5月22日—7月25日"魅力临潭·生态家园"全国诗歌大赛，收到参赛作品8 540余件，58位作者获奖。李维宇、苏欣然、刘巧、燕南飞等获散文诗组奖项。

2021年6月9—11日，星星诗刊与广西黄姚古镇旅游文化产业区管委会在黄姚古镇，联合举办第四届全国青年散文诗人创作笔会。沙冒智化、从安、严琼丽、陈巨飞、漆宇勤、耿永红、花盛、龙少、袁伟、徐小冰、黄鹤权、韦苇、曾入龙、冷若梅、粟辉龙、西伯、白鸽、米心等参会。

为迎接党的二十大胜利召开，《星星·散文诗》杂志特别开辟"最美中国"栏目，征集扎根生活，具有强烈的时代特征，体现新变化、新成就、新气象的作品。

《散文诗》历届笔会代表名单

第1届（2001年10月，湖南益阳—湘西），19人：伊云（女）、胡弦、白红雪、杨东、梦天岚、尹玉宁（满族）、海叶、胡昕、林登豪、

张敏华、钱续坤、慧玮、李智红（彝族）、黄恩鹏（满族）、霏霏（女）、栾承舟、黄神彪（壮族）、庄伟杰、程绿叶（女）

第2届（2002年9月，山东青岛），15人：大卫、潘永翔、赵宏兴、宋晓杰（女）、柯熙、陈捷（女）、亚楠、彭国梁、陈劲松、韩若冰（女）、李希望、李茂鸣、陈茂慧（女）、李聪颖（蒙古族）、成路

第3届（2003年8月，湖南沅江—韶山），18人：崔国发、叶梓、陈计会、林海蓓（女）、姜黎明、张道发、陆晓旭、符纯云、杨峻若、胡建文、陈亮、王玮（女）、谢正龙、雁南飞、任剑锋、郑小琼（女）、王庆（穿青人）、马仕安（回族）

第4届（2004年6月，贵州赫章），19人：谢克强、谭延桐、喻子涵（土家族）、马汉跃、唐朝晖、郭毅、黄海、李明月（女）、野歌、孙继泉、王文霞（女）、山珍、李曙白、吴守江、白麟、司舜、周祖平（彝族）、卜寸丹（女）、李静（女、苗族）

第5届（2005年10月，四川乐至），15人：蒋登科、雨田、姚辉、黄葵、天涯（女）、莫独（哈尼族）、渭北、雨霖（女）、空间、堆雪、王静远、王小忠（藏族）、可风、徐俊国、吉广海

第6届（2006年8月，香港），17人：叶梦（女）、黄永健、韩嘉川、徐岩、曼畅、李松璋、黄金明、杨子云（女）、蒋伟文、十品、陈衍强、十月（壮族）、杨犁民（苗族）、白峰（蒙古族）、肖建新、邢鹏飞、张筱

第7届（2007年10月，贵州茅台），23人：黄钺、毅剑、庄庄（女）、花盛（藏族）、川北藻雪、张抱岩、余利红（女）、陆承、千岛、高

韶薇(女)、徐敏、伊戈(藏族)、尚正东、黄晖、胡绍山、周根红、李金福、杨晔(女)、疏影(女)、容浩、徐俊国、姜黎明、丹菲(女)

第8届(2008年7月,新疆特克斯),15人:洪放、赵亚东、吕煊、邓杰、独步、三米深、盛景华、郭野曦、云珍(蒙古族)、乔书彦、赵大海、雪漪(女)、离离(女)、苏兰朵(女、满族)、刘蕴慧(女)

第9届(2009年8月,青海海南州),16人:宋长玥、灵焚、吴佳骏、杨建虎、扎西尼玛(藏族)、额鲁特·珊丹(女、蒙古族)、刘华、李邵平、谭雄(女)、马亭华、亚男、庞白、黄曙辉、沉沙、吴晓川、向天笑

第10届(2010年7月,湖北丹江口),前九届笔会作者82人,评委、嘉宾、获奖作者共100人

第11届(2011年7月,贵州贞丰),16人:仲彦(土家族)、俄尼·牧莎斯加(彝族)、瘦水(藏族)、陈德根(布依族)、陆建辉(哈尼族)、钟翔(东乡族)、申艳(女)、语伞(女)、三色堇(女)、王长敏(女)、爱斐儿(女)、文榕(女)、方文竹、毕亮、蒋显福、贾文华

第12届(2012年9月,湖南益阳),19人:温永东、赵兴高、王文海、鸽子、许泽夫、牛依河(壮族)、王琪、王西平、谭广超、祝成明、唐鸿南(黎族)、墨凝(满族)、陈志传、黄书法、姚园(女)、清荷玲子(女)、谈雅丽(女)、海烟(女)、高博涵(女)

第13届(2013年6月,浙江安吉),17人:郝子奇、徐豪、徐后先、徐澄泉、王忠友、冉仲景(土家族)、冉茂福(土家族)、鲁绪刚、赵正文、范如虹、王迎高、祁玉良、许文舟、李萍(女)、夜鱼(女)、纯

子(女)、杨玫(女)

第14届(2014年9月,河南鹤壁),20人:马东旭、水湄(女)、杨剑文、雨兰(女)、陈于晓、王崇党、孙陈周、扎西才让、李凌、鲁櫓(女)、苏勤、成仁明、张惠芬(女)、张九龄、雨倾城(女)、转角(女)、伍永恒、潘志远、重庆子衣(女)、范果(女)

第15届(2015年7月,甘肃甘南),23人:姜桦、荒原狼、金铃子(女)、袁雪蕾(女)、李需、李皓、赵凯、彭俐辉、陈平军、鲁丹、张泽雄、寒狼、陈惠琼(女)、方齐杨、卓玛本、香奴(女)、杨方(女)、阿垅、耿永红(女)、牧风、王小玲(女)、支禄、赵长在

第16届(2016年7月,山西运城),23人:刘海潮、杨启刚、徐庶、马端刚、蒋志武、刘贵高、肖志远、王信国、晓岸、张平、陈波来、湖南锈才、张作梗、叶枫林、萝卜孩儿、牧雨、王琰(女)、王馥君(女)、朝颜(女)、宋清芳(女)、清水(女)、小睫(女)、蓝格子(女)

第17届(2017年8月,四川广安),21人:张元、李亚强、徐源、陈谊军、赵目珍、宇轩、爱松、陈海容、李克强、高本宣、鲜圣、金小杰(女)、司念(女)、霍楠楠(女)、麦子(女)、那曲目(女)、微雨含烟(女)、卢静(女)、南小燕(女)、梦桐疏影(女)、子薇(女)

第18届(2018年6月,甘肃甘南),24人:潘玉渠、张琳(女)、张晓润(女)、孟甲龙、杨胜应、刘向民、封期任、李星涛、王剑、诺布朗杰、夏寒、纳兰、熊亮、晓弦、北野、李定新、程鹏、

张威、李朝晖、郑立、马雪花（女）、谷莉（女）、侯立权（女）、唐亚琼（女）

第 19 届（2019 年 10 月，宁夏石嘴山），21 人：章闻哲（女）、蒲素平、田凌云（女）、易翔、许言木、唐朝、沙飞、霜扣儿（女）、布木布泰（女）、孙诗尧（女）、王向威、白鸽（女）、马飚、田字格（女）、辰水、苏卯卯、周鹏程、韩玉光、苏启平、康湘民、马硕

第 20 届（2021 年 9 月，甘肃合作），23 人：青青小离（女）、王长征、傅苏、杜娟（女）、川梅、安乔子（女）、艾川、庞娟（女）、水子（女）、魏斌、袁伟（苗族）、林莉（女）、敬笃、梁永周、裴祯祥、宇剑、朵而（女）、蔡淼、邵骞、弦河（仡佬族）、林新荣、黄成松（苗族）、安子

《散文诗世界》近年来举办的大型活动

2016 年 10 月 28 日—2017 年 3 月 28 日，"金达-爱德杯"国际散文诗大赛启动，2017 年 6 月 25 日在嘉兴举行颁奖典礼。梦南飞、支禄、潇琴、陆承、苏美晴、香奴、朱丹、任俊国等 37 名国内外散文诗人获奖。

2017 年 3 月 30 日—9 月 30 日，"巩义-光伏杯"国际征文大赛启动，12 月 15 日在河南巩义举行颁奖典礼，刘慧娟、侯发山、潇琴、王太贵、华明石等 41 名作家获奖。

2017 年 12 月，为纪念中国散文诗诞生 100 周年，由中外散文

诗学会、《散文诗世界》牵头编撰的《中国散文诗百年经典》由四川文艺出版社出版发行,中国作协副主席何建明为该书作序。

2017 年云南宾川笔会

2018 年 7 月 26 日,中外散文诗学会菲律宾宿雾创作基地在文华大酒店举行揭牌仪式。

2018 年 10 月,《散文诗世界》杂志改版。

《诗潮》2000—2021 散文诗大事记

年度评奖

2009 年"首届'诗潮杯'世界华文散文诗大赛":

亚楠《在草原深处》(八章)、李见心《预言》(六章)获一等奖;

马亭华《苏北的秋天》(十章)、宋晓杰《以沉静 以叹息》(七章)、莫独《红河岸边》(八章)获二等奖；

洪烛《草原笔记》(十章)、洪放《澄明》(六章)等获三等奖。

2009年首届《诗潮》优秀诗歌作品奖：

王充闾《似曾相识的白云》、邹岳汉《散文诗十章》获散文诗奖。

2013年《诗潮》"最受读者喜爱的诗歌奖"：

周庆荣《散文诗近作选》获散文诗金奖；

耿林莽《旷野无边》、李见心《雅歌》、爱斐儿《小月河》获散文诗银奖。

2014年《诗潮》"最受读者喜爱的诗歌奖"：

语伞《外滩手记》(组章)、陈劲松《散文诗十五章》获年度散文诗奖。

2015年《诗潮》"最受读者喜爱的诗歌奖"：

爱斐儿《爱斐儿散文诗近作选》、转角《青龙赋》获年度散文诗奖。

2016年《诗潮》"最受读者喜爱的诗歌奖"：

陈志泽《掇拾的雨珠》(组章)获年度散文诗奖。

2017年度《诗潮》散文诗奖：

谢克强《断章》(十二章)；

孙思《在行走中,抵达大美的内核——周庆荣散文诗的审美特征与艺术风格》获年度诗歌评论奖。

特别专辑

2009年《诗潮》第6期推出"我们"散文诗群专辑,刊发耿林莽、周庆荣、灵焚、大卫、郑小琼等32位诗人作品。《诗潮》第12期推出"我们"散文诗群专辑,刊发周庆荣、金玲子、姚园、方文竹、韩嘉川等33位诗人作品。

《湖州晚报·散文诗月刊》介绍

《湖州晚报·散文诗月刊》(前身为《南太湖诗刊》),创刊于2012年端午节(6月23日),由中国散文诗研究中心主任箫风策划并主编,已连续出版100余期。创刊以来,深受广大读者欢迎,所发作品连年被选入多种散文诗年选本。《散文诗月刊》坚持立足湖州,面向全国,关注名家,不薄新人。为迎接中国散文诗百年诞辰,自2014年第1期(总第20期)起,至2016年第6期(总第49期),《散文诗月刊》隆重推出"中国散文诗百年巡展"专辑,每期集中5个版面刊发一个省市区(包括港澳地区)散文诗实力作家的作品专辑,并约请名家撰写综述文章,对当代中国散文诗创作进行了一次全景式扫描。之后,又陆续推出"我们"和青岛、甘南、泉州、豫东等数十个重要散文诗群的作品,以及10余期"90后""00后"作者散文诗专辑,对推动21世纪中国散文诗创作和培养青年散文诗作者发挥了重要作用。

《中国诗界》开设微信公众号《散文诗专号》

《中国诗界》为全国公开发行大型诗歌季刊,由西南大学中国新诗研究所、中国萧军研究会文学传媒中心联合创立,主编吴传玖。《中国诗界》由创刊于2013年的《关雎爱情诗》改刊而来,于2018年创立。诗歌作品题材内容不限,现代诗歌、旧体诗词、散文诗均可投稿,短小精悍为宜;评论与理论、创作谈文章,最好不超过3 000字。《中国诗界》刊号ISBN 978-9-887-82283-7,中国版本图书馆CIP数据核字(2021)第0290896号。《中国诗界》从2021年起开设微信公众号《散文诗专号》《诗歌专号》《爱情诗专号》。《散文诗专号》为周刊,逢周六出刊,主编蔡旭。自2021年2月创刊至2022年2月,已发刊48期。

桂兴华诗歌艺术中心策划主办的有关散文诗活动

(一)《金号角:桂兴华散文诗90章》首发式暨朗诵欣赏会在中共一大会址举办

2011年4月15日,中共上海市委宣传部副部长陈东在《金号角:桂兴华散文诗90章》首发式上指出:兴华是一个敏感、热情、多产的作家。他生在旧社会，长在红旗下，从少先队员、共青团员、共产党员一路走来，60多个春秋里面贡献了25本著作。桂兴华的作品都是有感而发。他关注浦东的开发开放、整个中国的改革开放。他长期生活在浦东，深刻了解浦东是怎么追上来的。在这种情况下，他的一部部作品越来越释放出自己的正能量。他诗中艺术性和思想性的结合，也越来越好。

《金号角：桂兴华散文诗90章》首发式暨朗诵欣赏会海报

兴华患有哮喘，但在他孱弱的身躯里，燃烧着一颗滚烫的心。在朗诵会现场，我们都能感受到他诗句的冲击力。我也曾经很喜欢他在《金号角》中的很多比喻，比如讲到《共产党宣言》的翻译；比如讲到很多政治先贤、英雄人物的诗篇，如杨开慧、朱德、陈毅、孔繁森、任长霞等，他都能把思想性和艺术性结合得很巧妙，这是实事求是的评价。当下的读者摒弃"口号音乐""标语诗歌"，兴华却能融观赏、思想、艺术为一炉，令读者在咀嚼中回味。随着兴华自身的艺术积累，和他在创作上的磨练，他的诗越来越有感悟，达到了一定的高度。我觉得他在不断成长。兴华有一个很好的地方：他所有诗歌的核心价值观是非常鲜明的,他始终和这个时代同呼吸、共命运。这点很重要。兴华诗作自然流露出他的红色智慧,在多元化的今天实属难得。他始终没有游离主流,而是更好地用艺术化的诗歌来讴歌时代的主旋律。他深入生活,去了解这些人物的走向,所以他诗歌中的人物越来越有血有肉,形象、灵魂刻画得活灵活现。

(二) 第二届中国当代政治抒情诗高峰论坛在塘桥举行

由上海社会科学院文学研究所主办、浦东新区文化艺术指导中心协办、塘桥"桂兴华诗歌工作室"策划发起的第二届中国当代政治抒情诗高峰论坛于2013年4月18—20日在塘桥举行。论坛由上海社会科学院文学研究所所长陈圣来主持,王山出席。本届主题为"草根散文诗与主旋律"。来自全国各地的散文诗研究者和写作者王幅明、王珂、箫风、孙琴安、宓月、汗漫、何成钢、张瑞燕等30余人与会。由桂兴华诗歌工作室发起的"中国散文诗无名作者征文"在论坛上揭晓。向天笑(湖北)《底层的光芒》、李贤伟(山东)《远逝的背影》、朱锁成(上海)《城市已经没有绿皮火车》获得评委会大奖;晓弦等29位作者获优秀作品奖。评选过程中,评委们从隐去了名字的82篇初选作品中择优打分,直至颁奖时刻才获悉获奖者都是来自五湖四海的"草根",散文诗写作是他们的业余爱好。6个月来,桂兴华诗歌工作室在收到近千首作品以后,逐月公布初选名单。颁奖晚会上,表演艺术家乔榛颁奖,梁波罗、

"第二届中国当代政治抒情诗高峰论坛"活动现场

张欢、梁辉、艺峰等朗诵艺术家和"春风一步过江"朗诵团一起,奉献了一台《春风里的草根》的散文诗朗诵会。《桂兴华散文诗精选:靓剑》中的代表作同时亮相。与会者们就散文诗如何告别肤浅、当下散文诗缺什么、怎么看待散文诗的大和小,以及"草根散文诗"的现实意义等展开研讨。

《文学报》记者　陆　梅

(三)中国散文诗2011关键词(桂兴华诗歌工作室)

1. 邹岳汉主编的《2010中国年度散文诗》、王剑冰主编的《2010年中国散文诗精选》,王幅明、陈惠琼编选的《中国散文诗年选》,三花并蒂,各自怒放,受到读者欢迎。

2. 王幅明主编的"散文诗的星空"丛书,由河南文艺出版社出版。

3. 由《散文诗世界》主办的中外散文诗学会第四届年会在山西太原市举行。中外散文诗学会的全国会员已达7 000人。

4. 由中外散文诗学会新疆分会和伊犁晚报社举办的"2010年度中国散文诗天马奖"揭晓,目前已颁发四届。

5. 赵宏兴主编的《中国当代散文诗》由时代出版社出版。11月,《中国当代散文诗》编辑部、《青年文学》杂志社、《散文诗》杂志社和吴江市文联联合主办"首届中国当代散文诗理论研讨高端峰会"。

6. 散文诗首次被列入上海市重大文艺创作项目,《金号角:桂兴华散文诗90章》由上海人民出版社出版后,中国作家网转载,《诗刊》《诗潮》《散文诗世界》选登,先后在中共一大会址(上海、嘉兴)和2011上海书展举行专场朗诵会,著名艺术家秦怡进京朗诵了其中的序。

7. 由《散文诗》杂志社主办的第十一届全国散文诗笔会暨"第二届中国散文诗大奖"颁奖仪式在贵州举行。方文竹、灵焚获本届大奖。

8. 《黄河诗报》9月向全国征稿,编辑《中国当代散文诗回顾与年度大展》:第一部分"历史的声音"(1949—1978年);第二部分"突围与崛起"(1978—2011年)。

9. 著名散文诗评论家、作家徐成淼在《贵州民族学院学报》

2011年第5期上发表《加速完成当代散文诗的现代性转变》，指出：当代散文诗的基本缺失并未得到充分补正，为了从根本上扭转其弱势地位，必须大力推进质的飞跃。

10. 12月，由首都师范大学中国诗歌研究中心和文学院联合主办的"当代散文诗的发展暨'我们文库'学术研讨会"在北京召开。"我们文库"推出了周庆荣、灵焚、爱斐儿、语伞、彼岸、黄恩鹏、唐朝晖等作品集。其中，周庆荣的《我们》，获2011年度"中国最美的书"称号。

（四）第二届中国当代政治抒情诗高峰论坛暨"春风里的草根"全国无名作者散文诗征文朗诵、揭晓活动

2013年4月18—20日在浦东新区塘桥街道隆重举行

《文艺报》副总编王山、《文学报》副总编陆梅、《星星》诗刊副总编龚学敏、《散文诗世界》主编宓月、河南人民出版社社长王幅明等12位评委、文学评论家出席。新华社和《解放日报》《新闻晚报》跟踪报道。

在当晚的"春风里的草根"朗诵会暨全国无名作者散文诗征文揭晓仪式上，著名朗诵家乔榛、梁波罗、张欢、淳子、洁蕙、艺峰、叶波、雪飞等出席，为作者颁奖，并与"春风一步过江"朗诵团一起表演了节目。塘桥文化中心的五楼剧场里，坐满了观众。

会议当天上午，桂兴华诗歌工作室带领外地来的所有嘉宾参

观了源深体育中心并乘坐了磁悬浮列车;第二天上午又冒雨参观了陆家嘴中心绿地、国际会议中心等处,让来宾感受了浦东的巨大变化。

新华社及《解放日报》《新闻晚报》《文学报》等媒体争相报道,《星星》诗刊、《散文诗世界》刊登了论坛的详细情况及发言记录。

"中国散文诗无名作者征文",历时8个多月。早在2012年7月22日桂兴华诗歌工作室落户塘桥一周年时桂兴华宣布发起这则征文,不收应征者一分钱。

2021年浦东图书馆的朗诵讲座

2022年塘桥的散文诗讲座

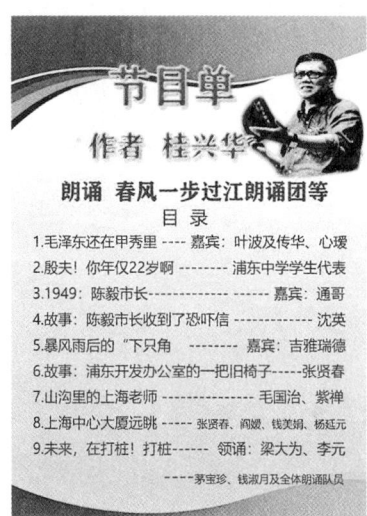

2023年5月20日,上海图书馆东馆举行的桂兴华作品分享会上,有2016年创作的散文诗《毛泽东还在甲秀里》《殷夫》等

图书在版编目(CIP)数据

散文诗的新时代：2000—2021 中国散文诗精选 / 桂兴华主编 . — 上海：上海社会科学院出版社，2023
ISBN 978-7-5520-4118-7

Ⅰ.①散… Ⅱ.①桂… Ⅲ.①散文诗—诗集—中国—当代 Ⅳ.①I227.6

中国国家版本馆 CIP 数据核字(2023)第 070355 号

散文诗的新时代：2000—2021 中国散文诗精选

主　编：桂兴华
责任编辑：熊　艳
封面设计：陈雪莲
插页设计：周清华
出版发行：上海社会科学院出版社
　　　　　上海顺昌路 622 号　邮编 200025
　　　　　电话总机 021－63315947　销售热线 021－53063735
　　　　　http://www.sassp.cn　E-mail:sassp@sassp.cn
排　　版：南京展望文化发展有限公司
印　　刷：上海盛通时代印刷有限公司
开　　本：890 毫米×1240 毫米　1/32
印　　张：12
插　　页：3
字　　数：240 千
版　　次：2023 年 8 月第 1 版　2023 年 8 月第 1 次印刷

ISBN 978-7-5520-4118-7/Ⅰ·487　　　定价：68.00 元

版权所有　翻印必究